牛車走過的歲月

二部曲

世道無情

凌煙——著
李岳峰——故事構想

本書原始架構與人物情節，由李岳峰導演提供。

序／農業社會堅毅如台灣牛的傳統女性

十多年前，李岳峰導演製作執導的電視劇《後山日先照》在公共電視熱播，我看了大受感動。早年李導演所拍攝製作的一系列本土八點檔《愛》、《緣》等戲劇便膾炙人口。而在《後山日先照》這部文學作品改編的戲劇中，李導演用鏡頭說話的功力更加爐火純青。在國民政府軍隊高壓統治台灣人民的流血衝突事件當下，一位備受地方民眾敬重的老中醫，為了保護家中藏匿的受傷美國兵而被射殺，一家老小哭成一團。剛生下一窩小狗的家犬苦樂也因護主吠叫，被一槍擊斃，留下一群失怙哀嚎，嗷嗷待哺的幼犬。那些鏡頭如此撼動人心，我就像幼年時著迷歌仔戲的小戲迷那樣，寫信請公共電視轉交給他，表達我內心對他的敬佩，並且希望他往後可以多拍一些文學作品。想不到李導演很快就回應我，還送我他製作的另一部戲《出外人生》DVD給我欣賞。

不久之後，李導演到當時我們居住的「市外桃源農場」拜訪，才知原來他是高雄人，常來南部和一些老朋友相聚。李導演說他一直想為台灣農家的耕牛發聲，在科技不發達的舊時代，牛隻是最大的勞動力，對台灣這塊土地有極大的貢獻，在進步的現代社會卻逐漸被遺忘。他計畫籌拍一部戲，把農家與耕牛間的深厚情感刻劃出來，向我提了一個合作方案：用小說和戲劇來同步呈現這個故事，我當然不能錯失這個與李導演合作的機會，一口便答應下來。

正式簽下委託創作的合約後，李導演很爽快的預付了一筆豐厚的稿酬。為了深入了解日治時期的社會狀況，與經歷戰爭、國民政府統治下的台灣百姓生活情景，不會使用電腦查資料的我，買了數萬元關於早期台灣歷史研究的書籍閱讀，也因為這個合作案，終於讓我這個求學時長期被洗腦的五年級生，有了校正自己的歷史觀點，重新認識台灣這片土地的機會。

感謝李導演耐心的等待了十年，在十年的創作期間，他不時的提供許多想法與建議，而我也有屬於我自己的創作理念，他都給我最大的包容與尊重。光是故事大綱就有好幾個不同版本，用稿紙寫了超過十萬字的草稿，最後為了給自己完成這部小說的壓力，我申請了國藝會的長篇小說創作補助，逼迫自己限期完成作品。在那一年的創作期限裡，我連續數月閉門寫作，將十萬字草稿打掉重練，用一指神功在平板上一字一句打出《牛車走過的歲月》三部曲，以台灣歷史為背景，用一頭耕牛串連起地主、殷商、佃農、醫生四個家族的命運興衰。

我把傳統社會中台灣女性的堅毅精神，與在農家裡默默付出一生辛勞的耕牛作結合，呈現他們為家庭所作的犧牲奉獻。

李岳峰導演以《牛車來去》向勞苦功高的台灣牛致敬，我以《牛車走過的歲月》向台灣所有傳統女性致敬。她與牠在台灣這片土地留下的腳印，見證過台灣一路走來的種種苦難，從黑暗走到光明。雖然歷史沒有記載他們的偉大，但我們都該感恩他們的貢獻。

人物簡介

榕樹王庄　蔡家

蔡土水　陳家佃農，另兼做牽豬哥配種。一生最大心願是擁有屬於自己的土地。

蔡李圓　土水之妻，勤儉樸實的農家婦女。

蔡有忠　蔡家長子，因操勞過度而患有嚴重的肝病，由地主陳家安排住院治療。離世前為年幼的兒子留下陀螺及彈弓童玩，希望彌補一些不能陪兒子成長的遺憾。

阿春　有忠之妻，為了報答陳家的恩情，答應以換取一頭牛的代價借腹生子，是陳世傳的生母。儘管答應陳家不會與世傳相認，還是常常會找機會去看他。

蔡永隆　有忠與阿春之子，因父親早逝立志成為醫生。

水蛙發仔　阿春之弟，以抓水蛙為生。

蔡有義 蔡家次子，因家貧，在太平洋戰爭時選擇募兵入伍，後日本戰敗，一無所有地回到台灣。

阿彩 有義之妻，心胸狹窄，處處計較，常常為難阿春。

蔡招弟 阿彩因入門多時不孕而領養的壓房養女。

蔡金環、玉環 有義與阿彩的女兒。

陳家

陳進丁 地主，德隆發商號老闆，自小讀私孰受漢學教育，為人寬厚仁慈。曾在蔡家有難時伸手相助，並在世傳五歲時履行與阿春的約定，收租時帶著世傳來到蔡家。

陳李玉枝 進丁之妻，性格善良敦厚，因心臟病早逝。

陳博文 陳家獨子，就讀台北帝國大學醫學部。借腹生子一事後，對阿春產生好感。太平洋戰爭歸來後，在台北當實習醫生。

林千佳 博文之妻，慈愛病院院長千金。視世傳如己出的同時，也對阿春抱有敵意。

陳世傳 博文跟阿春生下的借腹子，但本人並不知情。幼時由家中長輩作主和邱玉蘭指腹為婚，對永隆有種親近感。

金火　玉枝的表哥，長久在德隆發商號擔任管事，忠心耿耿。溺愛兒子春生。

春生　金火之子，進丁和玉枝的義子、博文的兒時玩伴。好賭成性，在外風評不佳。

阿興、阿菊、滿福嫂　陳家傭人。

阿月　世傳奶媽。

邱家

邱添財　跟進丁是朋友，開朗愛說笑，擁有數十甲田產的小地主，因國民黨推行「耕者有其田」的土地政策成為受害者，在白色恐怖的高壓下，敢怒不敢言，加上長子放蕩不成材，內心抑鬱難申。

邱王金枝　添財之妻，跟陳家的玉枝因為名字相像而拜為乾姊妹，後因病亡故。

邱萬成　邱家長子，因罹患小兒痲痺跛腳，又被稱為跛腳成仔。總是動歪腦筋，甚至參與黑市交易。在酒家女月嬌慫恿下，頂下酒家自己當老闆。

邱萬順　邱家次子，徵兵時期至南洋參戰，行前與邱家養女阿妙成婚，卻不幸死於戰場，留下遺腹女兒玉蘭。

阿妙　原為邱家養女，萬順死後，選擇與長工阿良私奔。

邱玉蘭　萬順與阿妙之女，與世傳有指腹為婚之約。常與永隆、世傳玩在一起。

阿良　邱家長工，與阿妙互有好感。

林家

林伯元　慈愛病院副院長，在國民政府來接收台灣時，雖同情日本師長、友人的遭遇，卻暗自歡喜台灣終於能回歸祖國的懷抱，不料卻被視為親日份子。

林蔡美慈　伯元之妻，出生富裕世家，溫柔賢淑。

林承志　林家長子，留日學醫。戰後決意留在日本，歸化日本籍。

鈴子　承志日本籍的妻子，二人為醫學部同學。

林承杰　林家么子，就讀虎尾高中，從小受日本教育，在一九四五年台灣回歸祖國後，成為無所適從的一代。曾因學校教學效果不佳而帶頭罷考，二二八事件後被檢舉受共產黨洗腦而遭逮捕。

林千惠　林家次女、千佳之妹，畢業後一直在慈愛病院幫忙，曾暗自愛慕日本警察石原康郎。

其他人物

林順卿　外號「空卿」，與博文、千佳為小學同學，櫻花食堂的常客。具有抗日精神，對祖國懷有崇高理想，後來眼見國民政府官員貪污腐敗的劣行而領導抗爭。

林旺　番簽市商販，林順卿之父。

林桑　櫻花食堂老闆，嫉惡如仇。

沙枯拉　櫻花食堂老闆娘，出生於日本琉球。

乃木太郎　慈愛病院院長，伯元東京帝國大學醫學部的學長，應伯元之邀來台行醫，戰後帶妻兒返回日本。

伊藤幸子　乃木太郎之妻，為人平實謙和，做菜手藝佳。二人育有三個孩子，都在台灣出生成長。

黃泰山　日治時期任保正，國民政府接收後換邊靠，成為里長繼續作威作福。

石原康郎　日本人，北港派出所巡查，因殺了意外害死空卿的祖母而遭空卿怨恨。與千惠互有情愫，戰後返回日本。

王永剛　外省青年，跟隨國民政府來台，任職北港派出所所長，住在石原之前的宿舍裡，對千惠一見傾心。

王仁義　王永剛之父，為人正直和善，樂於助人。

趙富　北港派出所副所長，為人長袖善舞，與黃泰山為一丘之貉。

鰗鰡　邱家田佃之子，極力巴結萬成，以為家中換取較好的福利。

阿明　天香閣走桌小弟，介紹月嬌給萬成。

牛販仔宋　四處遊走買賣牛隻，兼做牽猴仔（仲介），涉及人口買賣等非法生意。

月嬌　天香閣酒家女。

一

一九四五年十月二十五日，依盟軍最高統帥麥克阿瑟九月二日發布的「一般命令第一號」，由中華民國將領代表同盟國接受在台日軍投降，蔣中正將軍委派中國陸軍總司令何應欽將軍負責全權處理受降事宜，何應欽將軍再指派陳儀將軍來台，於台北公會堂與台灣總督兼日本陸軍第十方面軍司令官安藤利吉將軍簽署受領文件，台灣從此正式結束被日本統治的命運。

十月十五日，國民政府派遣來台接管的第一批官員抵達台灣，十六日中國的第七十軍軍隊也由美國三十幾艘軍艦護送至基隆港登陸，受到許多台灣民眾的歡迎，等到二十五日簽署受領文件後，台灣省行政長官公署正式行使統治權，《台灣日日新報》與其他報紙都登滿許多商家行號慶祝台灣光復的廣告，街上不時鑼鼓喧天，鞭炮響徹雲霄，但是不到半年，就開始民怨四起。

空卿從菲律賓回來以後，聽到父母口中對台灣光復的評語「狗去豬來」，又去書報行翻看這段時間的各種新聞報導，內心對台灣未來的前途充滿憂慮。他沒有再回到演紙戲賣蛔蟲藥的行業，而去應徵一份寄藥包的工作，路過博文他家，直接就進來推銷了。

「我家己是醫生，你來阮兜寄藥包，敢袂尚好笑？」博文看著他將藥包袋釘掛在飯廳的牆上，好氣又好笑的說。

「咱是若兄弟的好朋友，當然嘛要相挺，你是醫生無毋對，但是恁兜工人濟，佃總是會有需要。」空卿回頭咧嘴一笑，手上的榔頭卻不小心敲到自己的手，發出一聲哀叫。

「這下你要家己糊牛屎矣。」博文取笑他。

空卿釘好藥包，博文問他：「敢欲咻一下茶再走？」

他看著博文，探問：「你敢有想欲出去外口行行咧？」彷彿有很多話想說。

博文立刻同意，去跟千佳報備後，和空卿各自牽著腳踏車出門。

他們從菲律賓回來近半個月，兩人第一次見面，空卿語氣已無當時見到「慶祝台灣光復」標語的興奮，變得有些沉重的問博文說：

「返來這段時間，你敢有啥物感受？」

博文看他一眼，兩人之間的默契讓他立刻明白他想知道的是什麼。

「台灣光復了後，人民猶是無脫離苦難。」他思忖著回答。

「對狗去豬來這句話，你有啥物看法？」

「這陣猶是亂世，閣過一陣仔看會穩定落來袂。」博文謹慎的表示。

他們經過以前保正和鄰長的辦公處，看見有人在那裡教北京話，一群男女民眾很努力的在學習新語言，便好奇的停下來觀看。

一位五十多歲操著濃重鄉音的老先生站在一塊黑板前，舉著一根細竹枝指著上面寫的字，教大家練習說北京話：

「你，你們，我，我們，你是中國人，我是中國人，我們都是中國人。」

坐在黑板前的男女老幼跟著發出參差不齊的語音，聽在兩人耳裡，卻像故意用台語罵中國人一樣：

「擰死中國人，餓死中國人，我們拄死中國人。」

博文認出老先生正是那天在他家店裡買黃豆的人，他和空卿互望一眼，空卿像快要忍耐不住一樣，示意他趕緊離開，走出一丈遠後，空卿立刻爆笑出聲，學著那些台灣民眾的口音說：

「擰死中國人，餓死中國人，我們拄死中國人。」

博文也大笑說：「學佮足成，你真正有搬戲的天分。」

空卿隨即收起嘻笑的表情，語重心長的說：

「我驚會枵死的是咱台灣人，你最近敢有看報紙？自從中國政府來接收台灣了後，物價一直起，以早戰爭日本政府實施配給制度，就算米糧無充足，猶有番薯簽倘相添，今嘛換這個土匪政府，農民交粟仔予農會，中國職員袂照實登記，隨在個愛寫偌濟就偌濟，中國軍隊無米就直接去農會搬，中國官員食銅食鐵連阿鋁米也食，這些來接收台灣的政府官員貪官一大摜，這款日子咱台灣人欲焉怎過？」

博文無言以對，心情跟著沉重起來。

空卿嘆了口氣，擔憂的說：「你出世佇好額人家，佮你講這應該你體會袂到，阮兜佇番簽市做生理，尚瞭解普通家庭的困苦，若焉爾繼續落去，台灣一定會鬧有災難發生。」

博文心思轉向榕樹王庄的蔡家，他們做穡種稻交穀也是這樣遭受剝削嗎？自小他就常聽父親交代家中商號的伙計，秤頭不可少，寧可多給不能苛扣，如果農會職員真的這樣欺壓農民，確實遲早會官逼民反。

迎面走來一個身穿中山裝的人，空卿突然生氣抓狂起來，迅速停妥腳踏車，衝過去抓住那人領口怒罵：

「你這箍糞圾！日本走狗！無日本警察予你靠矣，你閣敢出來街路耀武揚威？」

黃泰山面露得意笑容，毫不畏懼的警告他：

「我今嘛換靠中國警察矣，你上好莫對我亂來喔！若無同款會予你去擔屎。」

「你這個卑鄙的小人！」空卿瞪大眼睛，舉起右手握緊拳頭要揍他，立刻被博文攔下。

「莫睬伊啦！人講寧願得罪君子，毋倘得罪小人。」博文勸說。

黃泰山掰開他抓住領口的手，拉拉衣服的下擺整平衣衫，冷哼一聲，得意洋洋的走開。

空卿怒火中燒，鼻孔噴氣的朝天執問：

「天公伯啊敢猶有目睭？像這款無天良的人，是焉怎無報應？」

博文拍拍他的肩膀，平心靜氣的回答：

「毋是無報，是時機未到。」

「這是咧自我安慰而已。」空卿既憤慨又無奈的說。

「莫生氣啦！我請你來去櫻花食堂食飯，頭家個翁某毋知好否？」博文關心問。

「我有去看個，沙枯拉因為嫁咱台灣人幾落年矣，所以會當選擇留佇這。」空卿告訴他。

兩人跨上腳踏車，朝櫻花食堂的方向騎去。他們將腳踏車停在入口處的旁邊，原來的木製招牌已經改名為「北港飯館」，走入店內，不見沙枯拉的身影，只有一位熟識的女服務員穿著一般的衣服過來招呼他們：

「陳少爺，歡迎光臨。」

博文留意到所有與日本相關的文化和習慣都不見了，他開玩笑的問說：

「猶有在賣日本料理否？」

因為他們來得早，飯館內沒有其他外客，沙枯拉從廚房裡走出來，穿著一般台灣婦人的裝扮，用日語幽默的回答他：

「日本料理不賣中國人，你們來當然會有賣。」

博文笑著說：「幸好妳還在這裡，不然我就吃不到這些令人懷念的食物了。」

沙枯拉正色接口：「我的家在這裡，當然不會離開。」

他們在一張桌子坐下來，博文告訴她：

「菜由妳替我們點就好。」

沙枯拉點點頭，回廚房前由衷的對他們說：

「我真的很高興看到你們都平安回來。」然後又想了一想，用北京話告訴他們：「我的名字叫做林鳳英。」

空卿和博文都被她的日本腔北京話逗笑了。

「有一件代誌你可能毋知，我認為你應該瞭解一下。」空卿突然起了一個話題。

「啥物代誌？」博文直視他問。

「恁兒管家的後生春生仔，毋是一個會信任得的人，你應該佮恁老父講。」

「你是焉怎會講這種話？」博文不解的反問。

金火雖然是他們的管家，但做事向來穩重可靠，又是他母親的表哥，春生不只是他從小的玩伴，也是父母的義子，兩人有表兄弟及義兄弟的雙重關係，密切度非一般人能比。

「伊佇外口的風評無好。」空卿直接告訴他。

「你哪會知？」

空卿哂笑說：「我今嘛在寄藥包，消息當然特別靈通。」

「伊是有啥款無好的風評？我一直感覺伊是一個袂歹的兄弟啊！自以早阮卡將猶佇咧的時陣，常常會來請安問好。」博文個性與父親很相像，對人厚道又有肚量。

「聽講伊佮跛腳成仔兩個偌了尾仔囝咧，經常出入酒家佮檄間，花天酒地。」

「個哪有錢倘匪類？」博文疑惑的探問。

沙枯拉的丈夫林桑端著幾盤菜出來，聽見他們的談話內容，接口說：

「這要問我上瞭解。」他把菜擺上桌，空卿讓了一個位置給他坐下。

「連你都知？」博文十分訝異。

「佪常常會來我這食飯、啉酒，賣糖予我換現金。」林桑是個老實的人，說話沒有一絲誇大的神情。

「糖按佗位來的？莫講是佇阮店裡偷提的，因為阮老父佮金火舅逐個月攏會對數。」博文逕自說，他真的不願意相信春生會歹囝浪蕩。

林桑詳細告訴他們：「佇戰爭空襲上嚴重的時陣，因為糖廠是美國飛行機轟炸的目標，為著欲減少損失，就佮糖交予有所在偤囥的民家保管，日本戰敗了後，中國過來接收，照冊欲來討返去，有的人會誠實交出來，萬成佮春生兩個就起貪心，佮糖藏去別的倉庫，騙糖廠派來的人講做大水流去，兩個人來我這食飯計劃的時陣，佇好予我偷聽著。」

博文神情凝重的沉默著，春生會做這種不誠實的事讓他很意外，但想到如果要向父親或金火舅報告，又覺得有些為難，怕他們會傷心難過。

空卿想到他們以前做的黑市生意，下了一個評語：

「這兩隻攏是大隻鳥鼠。」

他們吃完午飯後，空卿得繼續工作，博文在心裡壓抑了很多天的念頭一再浮現，他決定不再跟自己的感情對抗，無論如何都得再見阿春一面，所以把腳踏車寄放在林桑的店門口，走路去不遠的車站搭客運。

榕樹王庄的景物依舊，曾看過他的人還友善的問候他：

「你閣來看恁阿姑？這個孫仔對阿姑足有情的。」

他微笑點頭，快步朝位於庄尾的蔡家走去。

下午日頭斜曬入土角茨的大廳，他站在廳門口出聲詢問：

「有人佇咧否？」

永隆從房間裡走出來，毫不怕生的看著他回答：

「阿母去豬椆飼豬公。」

博文踏入客廳，蹲下來笑著問他：「你敢會認得我？」

永隆點點頭。

「我是啥人？」博文考他。

「阿叔。」

他摸摸永隆的頭，誇獎他：「永隆有夠巧，猶閣會記得阿叔。」

「少……爺？」阿春的聲音在他身後響起，怯怯的，又含著幾許激動。

他站起身面對她，充滿深情的凝望著她戴斗笠的模樣。她看來消瘦許多，神情多了些滄桑，只有眼睛裡的柔情依舊。

「阿春，妳近來好否？」他佯裝冷靜的問候。

她沒有回答，走進客廳裡不太客氣的直接問他：「少爺，你閣來這欲創啥？」

博文訥訥的回答：「我只是想欲知也妳過了有好否？」

阿春克制住內心蠢蠢欲動的情感，淡然的告訴他：

「我過了真好，你會行得放心，毋免替我煩惱。」

「阿春……。」博文欲言又止，眼神裝滿渴盼。

阿春斷然接口：「少爺，你無應該閣再來揣我，猶是緊返去。」

博文專注的看著她，阿春卻刻意避開他的視線，退到門邊的角落。

「妳敢真正攏袂想咱的囝？」他試探的問她。

阿春像被踩到痛處一般，立刻大聲反駁：

「世傳毋是咱的囝，是你佮少奶奶的。」

博文無言以對，兩人之間像隔著一條無形的鴻溝，半晌，阿春終於忍不住，用微弱的聲音問了一句：

「囝仔好否？」

博文馬上回答：「囝仔真好，已經會扶物件徛咧矣。」

阿春的眼睛立刻泛出淚光，藏不住的思念博文全看在眼裡。

「少爺，你緊返去，以後莫閣來矣，焉爾對大家攏總好。」阿春神情痛苦的垂著頭說。

永隆不解大人間的情感掙扎，從房裡拿出有義為他製作的銅罐車，自己去土埕上推著玩，讓銅罐車發出哐啷哐啷的響聲。

博文摘下她頭上的斗笠，阿春有些慌亂的想躲開，卻無處可退。

「自從離開這了後，我無一工無想妳的。」他毫不掩飾自己對她的迷戀。

「你應該佮我放予袂記得，好好佮少奶奶佮囝過日子。」阿春一直不願意面對他。

博文苦惱的告訴她：「我嘛知也要佮妳放予袂記得，毋閣就是會一直想起妳，尤其是看著囝仔的時陣，就會想欲來看妳。」

阿春抬起頭，眼裡飽含淚水的看著眼前這個她只能愛在心底的男人，無奈的反問：

「見面是會當焉怎？當初就約束好，我只是替恁陳家借腹生囝的工具。」

阿春的說法讓博文對她更加不捨，當初他們把她當成是借腹生子的工具，如今想來是多麼殘忍的一件事。

「阮真正對不住妳。」博文充滿愧疚的向她道歉。

阿春故意用冷漠的態度說：「恁並無對不住我，這是一件生理，恁用一隻牛換一個囝仔，我用一個囝仔換阮永隆的未來，雙方面攏無食虧。」

「阿春，妳莫焉爾講好否？我對妳是真心的，以後就予我來照顧恁母囝。」

阿春斷然拒絕：「袂行得，大家要照聘照行，請你趕緊離開，以後莫閣來矣。」

她說完話，見他還是不走，便伸手想將他推出門去，博文卻緊握住她的手求她：

「阿春，妳莫赫爾善良好否？妳敢會使得較自私一屑仔，替家己的未來考慮一下？」

阿春甩開他的手，用嚴肅的態度對他說：「這毋是做人的基本，我知也少奶奶嘛袂同意予咱兩人閣有來往，所以我拜託你以後莫閣來擾亂我的生活。」

「我知也妳對我並非無情，咱敢會使得……。」博文不死心的想要說服她。

阿春打斷他的話，用力將他推出門外，並警告他：

「你緊走，若予阮小叔猶是大家官返來看著，我會真歹做人，請你莫予我為難。」

博文猶豫著，在她的催趕下，一步一回頭的往埕尾走。

「阿叔！阿叔！」永隆天真的推著銅罐車想跟他走。

阿春趕緊過去抓住他，哽咽的說出最後道別的話：

「拜託你佮少奶奶好好晟養囝仔，幸福美滿過一世人。」

她抱起永隆走進客廳，回房間坐在床沿失聲痛哭，永隆見她傷心難過，仰頭關心的看著她問：

「阿母，妳哪會在哭？」

阿春邊哭邊摸著兒子的頭，說不出一句話來。

有義駕駛牛車出去耕田回來，土水累極坐在兒子身邊打瞌睡，博文在路口與他們錯身而過，有義看見陌生人，特別多看了幾眼。

阿春在灶間生火準備煮晚飯，有義將空水壺提進來放在水缸旁邊，又從擺在灶台上的水壺倒了一碗水，邊喝邊隨口問了一句：

「拄才敢有人來過？」

阿春有些慌了手腳，強裝鎮靜的回答：「無啊！無人來。」

有義疑惑的說：「拄才佇路口有看著一個真斯文的查埔人，位咱兜這條小路行出去，毋知是欲來揣誰人？」

阿春假裝若無其事的回說：「可能是行毋對路啦！」

夜裡她輾轉難眠，博文的出現就像在平靜無波的古井投下一粒石頭，泛起久久不止息的一陣漣漪，讓她又忍不住回想起過去與他的親密接觸，壓抑在身體裡面的情慾猶如火山爆發，滾燙的岩漿四處流竄，令她五內俱焚。

幾乎一夜未眠的阿春透早摸黑起床生火煮早飯，雙口的大灶一邊專燒開水，她先從水缸舀水到大鍋裡，煮開後加滿兩只要帶出門工作喝的水壺，接著再加水溫熱讓大家漱洗用。

土水起床第一件事就是照顧牛欸，給牠添草料、換飲水、清理牛糞，他幾乎每晚都睡在牛椆內的小隔間，戰爭時物資匱乏怕有偷牛賊，光復後日子也沒好過多少，所以還是怕會有人來偷牛。

他替牛欸料理妥當所有的事情後，走入還點著媒油燈的大廳，圓仔隨即端來裝著熱水、布巾的洗臉盆。

他坐下來洗臉時邊抱怨：「昨暝遠遠聽著狗在吠，害我規暝袂睏得。」

圓仔感覺好笑的接口：「你人已經睏佇牛椆內矣，猶閣咧煩惱牛會去予人偷牽去？敢要佮牛縛做夥你才會安心？」

土水用輕視的口吻對圓仔說：「講恁這些的人無智識就是焉爾，妳敢知也古早人言賊子狀元才，就是有人睏佮牛予人偷牽去猶毋知，天光才發現賊仔用迷煙佮伊迷昏去。」

「你是講古聽尚濟，尚敖胡白想啦！外口赫爾通風，欲焉怎用迷煙？」

有義坐在飯桌等吃早飯，聽父母答嘴鼓，又想起昨天傍晚的那個陌生男人。

「昨下晡有一個生份人位咱這條路行出去，毋閣看起來真斯文，無成偷牛賊。」他思索著告訴父母這件事。

土水和圓仔瞭然的互看一眼，還是有些疑惑的問：「我哪會無看著？」

「你彼時陣在盹龜啊！」

阿春端地瓜簽稀飯進來，心事重重的又走出去，有義看著她失魂的模樣，小聲詢問母親：「阿嫂是在焉怎？干偌有魂無體的魁儡尪仔咧？目睭皮閣腫腫，昨暝規暝無睏的款，是毋是閣在想阮阿兄？」

「恬恬莫問啦！」圓仔故意訓斥他，停止這個話題。

她趕緊幫忙張羅碗筷和醬菜，讓他們父子吃飯。

「咱是毋是要拜託媒人婆仔佮有義做看有親成否？伊的年歲也袂少矣。」圓仔跟土水商量說。

不待父親開口，有義便自暴自棄的回說：「無田無園的人娶啥物某？莫害人綴咱在艱苦啦！像阿嫂同款。」

阿春提著要讓他們帶出門的水壺擺在大廳門口，聽見這一句話，紅著眼眶默默轉身回灶間。

圓仔駁斥他：「無田無園的人就袂使得娶某喔？若焉爾世間的羅漢腳仔毋就一堆若山咧？」

土水看了有義一眼，直接了當的告訴圓仔：

「替囝娶某是咱做序大人的責任，妳去央媒人介紹就是矣，佮伊講赫濟欲創啥？」接著才對兒子訓話：「人講姻緣註定著，一個抾被，一個抾蓆，這世人欲來綴你食穿的人，就算食苦伊嘛會心甘情願，像恁老母敢毋是焉爾？」

有義閉嘴不說話，卻看得出來心中還是不情願。

父子兩人吃飽飯去給牛欸套上牛擔，將犁頭、犁耙、水桶、水壺等工具，還有準備隨時給牛欸補充體力的草料搬上牛車，土水輕甩一下牛繩，牛欸立即邁步緩緩走出土埕，踩著清晨的露水，叮叮噹噹的牛鈴聲，在尚未見到天光的黑暗中逐漸遠去。

他們父子出門工作後，婆媳兩人才一起坐下來吃飯，阿春一直沉默不語，圓仔主動開口問她：

「昨陳家少爺閣來揣妳？」

阿春眼神有些驚慌的看著婆婆，訥納的回答：

「妳哪會知？阿叔仔佮妳講的？」

圓仔重重的嘆氣問：「妳扑算欲焉怎？」

阿春有些委屈的說：「我只會行得佮伊趕返去，猶會當焉怎？」

圓仔試探的問：「妳敢無想欲閣共伊做夥？」

「我毋敢焉爾想。」阿春哽咽的回答。

「妳瞭解家己的身分就好。」

婆媳兩人繼續沉默的吃飯，阿春一副食不下嚥的模樣。

＊

敏感的千佳從丈夫天黑才回家，以及他明顯低落的情緒中，察覺出一絲異樣的變化，吃晚飯時她故意當著公公的面，關心詢問：

「你位倚晝佮空卿出去，到天暗才返來，恁是去創啥？」

進丁一聽他又和空卿在一起，神情立刻嚴肅起來，等著聽兒子的回答。

「我佮空卿做夥食中晝頓，了後伊就去寄藥包，我家己一個人騎車仔四界看看咧耳耳。」博文輕描淡寫的說著，他不是一個善於說謊的人，所以避開千佳的視線，邊說邊夾菜配飯。

「今嘛外口猶閣足亂，上好莫胡白走。」進丁叮囑說。

當晚就寢，博文背對千佳側睡，她從他的身後環抱著他，他一動也不動假裝睡著，等了很久，直到千佳發出沉穩的呼吸聲，他才輕輕拿開她的手，小心翼翼的下床。

他的腦海都是阿春的身影，以及她所說的話，她越是如此顧全大局，就讓他越是心疼她，她年輕守寡已經命運多舛，親生的兒子也終生不能相認，上天對她本就太不公平，至少也讓他有機會多少補償她吧？

他毫無睡意的走到書房，拿出素描簿和畫布、油彩，一直作畫到隔天凌晨，阿春耳畔插著一朵粉紅色山芙蓉，含情脈脈淺笑的模樣，生動的停留在畫布上。

二

一九四五年八月十五日日本宣布戰敗投降，十月二十五日起台灣由同盟國最高指揮官麥克阿瑟將軍指派國民政府代管，當時在台日人約有三十多萬人，有不少在台灣已經生活習慣的日本人想留下來，不被國民政府接受。除了少數暫時留用的技術人員外，只有早期與台灣人有婚姻關係者才能選擇留下來，其餘大多數人都在兩、三年間遭強制遣返。

按照國民政府頒布的遣返規定，每個人只准攜帶一件三十公斤重以內的行李，以及現金一千元，在台所有私人或公司財產皆需交給國民政府領收，伯元認為乃木在台灣所擁有的房屋及存款，是他個人辛苦多年的所得，充公不合理，因此建議乃木交給他代管，匆匆辦理過戶，而石原所住的房子原為警察配置的宿舍，他一離開台灣，很快就有國民政府派來的人員進駐。

千惠自從石原離開後，常會不由自主的走到這個眷區徘徊，他那英挺又斯文的身影已經深植在她的心底，雖然他最終沒有勇氣接受她的感情，卻依舊讓她念念不忘。

她知道他離開時只帶走一個行李箱的私人物品，他的那些文學書籍呢？還擺在這間房子裡嗎？現今住在這裡的人會好好珍惜那些書嗎？或者會全數丟棄？想到這裡，她不免感覺一股焦慮與失意。

「小姐，妳要找誰？」一個說北京話的男人聲音從她背後問。

千惠嚇了一跳，本能的想逃離現場，那人迅速的快步擋住她的去路，害她一頭撞入他懷裡。

「小姐，妳為什麼要逃跑？」

一雙大手握住她的雙肩扶正她，讓她可以看清他的臉，映入眼簾的是一對炯炯有神的眼睛，以及一張不到三十歲卻已經有些風霜，神情堅毅的臉龐。

她深吸一口氣讓自己定下神來，有些惱羞成怒的用台灣腔濃厚的北京話回答：

「誰是小姐？在酒家上班的才是小姐。」

那男人忍著笑問：「好吧！那稱呼妳姑娘總可以？」

千惠哼了一聲，想從他身旁溜走，卻立刻又被擋住。

「你想要做什麼？」千惠氣急敗壞的瞪他。

「妳還沒有告訴我，妳來這裡做什麼？」他耐心詢問。

「我為什麼要告訴你？」千惠沒好氣的反問。

「我是派出所所長王永剛，我有義務調查行跡可疑的人。」他一副故意戲弄她的表情。

「這裡以前是我朋友的家，我只是好奇來看看而已。」千惠因為不得不解釋而顯得有些無奈。

「妳叫什麼名字？」他追問。

「我一定要告訴你嗎？」千惠努力想維持住尊嚴。

「當然要，不然我就得把妳帶去派出所好好審問了。」王永剛故意嚇她。

千惠立刻被唬住，用不太情願的語氣回答：「我叫林千惠。」

「家住哪裡？」

「我是慈愛病院院長的女兒，我交代完了，可以走了吧？」千惠有些委屈的反問。

「這裡現在是我家了，妳想進來看看嗎？」王永剛試探問。

「不要！」千惠說完，氣沖沖的跑走。

一直到回家後，她把自己關進房間，才委屈又傷心的哭了許久。

世傳度晬，滿福嫂和阿菊以及幾個臨時雇用的女工，從前一天就開始忙著做紅龜粿，因為進丁要帶世傳去媽祖宮拜拜，還要在廟口發放紅龜粿和一百元台幣紙鈔給當地的乞丐與遊民，消息一傳出去，連附近鄉鎮那些生活困苦者都聞風而來。

台灣銀行在五月印製台幣紙鈔，以一元台幣兌換一元日幣，卻因為要將物資運往中國內地支援國共內戰，以及過度印製台幣等因素，再度造成台灣物資短缺引起嚴重的通貨膨脹，讓台幣迅速貶值。

當天一早，進丁抱著世傳和博文、千佳先以一副牲禮和一盤紅龜粿拜陳家祖先，還特別對過世的老伴交代說：

「玉枝啊！妳有靈有聖要保庇咱世傳頭殼硬敖大漢，上好會當招一個小弟猶小妹來做伴。」

千佳嬌羞的轉頭看一眼身邊的丈夫，博文面無表情的看著前方的祖先牌位。

金火忙著指揮將一箱一箱的紅龜粿搬上手推車，準備送到朝元宮廟口，春生也來幫忙，笑容滿面的逗世傳說：

「世傳，你叫我阿伯咧，阿～伯～。」

博文消遣說：「你叫伊阿伯較緊啦！」

世傳拿著一塊餅乾，咿咿呀呀的要把餅乾拿給春生，春生高興的嚷著：

「恁有看著否？這個囝仔偌有分張咧，以後一定也是大頭家。」

「佮我同款，讀冊做醫生救人敢毋好？」博文笑著說。

春生隨口應說：「當然嘛好，生理交予阿伯替你來做，趁錢予你起病院，焉爾好毋好？」他噘著嘴跟世傳說話的模樣把大家逗笑了。

博文露出深思的表情看著春生，兩人從小像兄弟也像朋友一起長大，他也很希望春生可以安分守己的像他父親一樣，幫著經營德隆發商號。

阿興騎三輪車載進丁和千佳、世傳，博文騎腳踏車約好先去照相館拍照，有一家四口人的全家福，也有博文、千佳抱世傳的三人照，還有世傳的獨照，博文主動要求要拍一張他抱世傳的照片，敏感的千佳眼裡立刻浮現一抹懷疑。

朝元宮廟口早早聚集許多人，有乞丐與遊民或貧戶，也有來看熱鬧的，進丁他們一抵達，眾人立刻發出歡聲不斷的恭喜，進丁拱手向四方鄉親道謝，吩咐陳家的夥計開始發放紅龜粿與一百元紙鈔，大家擠成一團，陳家夥計們只好一直大聲嚷嚷著要先排隊。

拜拜結束後返回家中，千佳的娘家及金枝、添財也帶著阿妙母女，到陳家來參加世傳度晬抓周的慶祝活動，美慈為世傳準備從頭到腳全套的服飾穿著，當然也少不了祝福的金飾，金枝看得羨慕不已，對身邊抱著玉蘭的阿妙低語：

「妳有看著否？這就是有錢人的後頭，這爾大出手。」

阿妙難堪的沉默著，心裡想的是如果她娘家生活好過的話，還用把女兒賣給人家做養女嗎？

「承杰沒來？」博文私下問千惠。

「他去學校。」為了不讓姊姊產生誤會，千惠和姊夫說話的態度變得有些生疏。

「日本老師都換成中國老師，他在學習上能習慣嗎？」博文關心的問。

「總是要想辦法適應。」千惠淡然回答。

滿福嫂在客廳中央的地上鋪了一塊大毛毯，放上算盤、書本、毛筆、畫筆、紙、鎚子、童玩等物件，千佳把世傳放坐在毯子上，準備放開他，讓他爬過去抓他喜歡的東西，所有大人都期待著看他會去抓什麼。

「等一下。」伯元突然喊了一聲。

大家都愣住看他，只見他從自己的公事包裡掏出一個聽診器來，拿去跟那些東西放在一起。

「這個要囥入去。」他露出一個孩子氣的笑容，抓周反而像大人們玩的遊戲。

世傳在眾所矚目下，好奇的爬向那堆東西，他沒有馬上動手去拿，反而坐下來左看右看，看到蹲在毯子旁邊的阿妙，以及被她用雙手撐在腋下站著的玉蘭，就往她那裡爬去。

添財大笑著說：「你也知也這個是你未來的某喔？」

進丁失笑的叫喚他：「世傳來，今嘛猶毋是揣某的時陣，來這，來揀一項物件。」

兩人的對話逗得大家捧腹大笑，世傳聽見阿公的叫喚又往回爬，看著那些準備給他抓周的東西，像在考慮似的猶豫著，終於伸手去拿聽診器，現場一陣歡呼。

「果然是世傳，爸爸是醫生，外公是醫生，你以後也欲做醫生喔？」添財高興的說著。

金枝抱起玉蘭，將她放坐在世傳身邊，讓兩個孩子坐在一起玩，對著掛在牆上的玉枝說：

「姊啊！妳有看著否？這兩個囝仔若金童玉女咧，是天生一對呢！」

陳家大宅內一片喜氣洋洋，大人有的喝茶聊天，有的蹲下來跟孩子一起玩。圍牆外，阿春偷偷的躲在角落看著裡面充滿歡喜的情景，今天是孩子出生的日子她絕對不會忘記，她一早就和弟弟發仔搭車到北港，讓永隆跟著舅舅在車站旁邊賣水蛙和泥鰍，自己偷偷來看世傳，從他們去朝天宮拜拜開始，她就躲在遠遠的角落觀望，一直跟到陳家宅外。

她不敢有任何奢求，只要能這樣遠遠看著孩子便心滿意足，少爺和少奶奶都是富貴雙全的人，相信能給孩子最好的栽培，她不能破壞這個圓滿的家庭。

當晚博文上床就寢，千佳立刻鑽入他懷中，伸手勾住他的脖子，熱情如火的索求他的吻，很快挑起他男性的本能，慾火迅速在體內燃燒。

他翻身壓在妻子身上，兩邊用手肘支撐著，彷彿怕將體型纖細的她壓壞似的，小心翼翼的進入她的身體，千佳卻極其狂野的擺動肢體，雙腿交纏在他的腰間，饑渴的尋求更緊密的結合，直到彼此都釋放出體內的激情，她閉著眼睛的臉上才展露出如同春花沾染雨露的嬌羞笑容，臉頰與朱唇皆泛著紅暈。

博文想起身，千佳不但纏住他不放，還將他抱得更緊。他想起父親拜祖先時說的話，希望世傳能再招個弟弟或妹妹，原來千佳並沒有放棄生育的念頭，她還是想親自體驗當母親的過程，如果她真的能如願，世傳往後會如何？

所有的激情很快，從他體內消逝無蹤，他毫不戀棧的起身下床，穿上衣褲離開房間。他在書房裡翻看素描畫簿，待到三更半夜才回房睡覺，掀開紅眠床的錦帳，輕手輕腳的在床沿坐下，剛躺下來，千佳的聲音便幽幽響起：

「你是在無歡喜啥？」

他愕然看她一眼，在昏暗的光線下，她的眼光有些哀怨。

他躺下來，淡淡的回說：「無啥，時間已經晏矣，緊睏啦！」

「你干偌有啥物心事囥佇心肝內，是焉怎毋直接講出來？予我臆無更加艱苦。」千佳不肯放鬆的追問。

博文知道她的個性，當她心中有疑惑時，是絕對不會善罷甘休的，所以乾脆就說出來討論。

「焉爾我問妳一個問題，若是妳會當有家己親生的囝，世傳欲焉怎？」

千佳有些茫然的回答：「你哪會焉爾問？世傳同款是咱的後生啊！」

博文語氣近乎嚴厲的質問：「妳敢確定家己的心袂私偏？一定會當公平對待？」

千佳坐起來，用疑惑的神情看著他，無法置信的問說：

「你就是在無歡喜這？驚我有囝了後會對世傳大細目，所以你無希望我有咱兩人的親生囝？」她越說越傷心，淚眼婆娑起來。

博文愣了一下，無奈辯解：「我毋是這個意思，只是在替世傳煩惱而已。」

千佳委屈的哭著說：「世傳雖然毋是我親生的，毋閣確實是你的骨肉，我敢會無疼惜伊？佇你的眼中，我是這款無腹腸的人呢？」

博文嘆了一口氣，向她道歉：「失禮啦！我想尚濟矣。」

他伸手將她拉入懷中，千佳繼續在他懷中啜泣，他開始反過來替她覺得有些心疼，女人誰不希望能替所愛的男人生育子女？他一直都知道她有多努力想完成這個心願，為什麼最近他只想到阿春的可憐，完全忘了千佳的辛酸？

貪心男人的下場，註定一輩子要像石磨心般不停轉動吧？他自嘲的想著，現在的心情已經十分無奈，未來呢？

＊

阿妙忙著煮晚飯，一大家子包括長工十幾個人，等一下就要回來了，偏偏背上的玉蘭哭個不停，無論她怎麼邊搖邊哄都沒用，她只能任由她哭，先把晚飯煮好再說。

「囝仔哪會哭佮焉爾？妳是無佮飼奶呢？」金枝最早從田裡回來，走進灶間關心。

「有啊！毋閣伊無啥欲食。」

金枝來到阿妙身後，伸手抓著孩子腋下，讓阿妙解下背巾。她抱著玉蘭，用臉頰貼了一下孩子的額頭，立刻不悅的責備媳婦：

「妳這個老母是焉怎在做的？連囝仔破病發燒妳都毋知？」

「拄才猶好好咧。」阿妙小聲辯解，一雙手不敢停，先剷起大鍋裡的炒菜豆，又在鍋裡添水防止鐵鍋過熱。

「可憐喔！無老父倘疼惜，老母也焉爾無責無任。」金枝用憐惜的語氣，哄著正因發燒不舒服而哭泣的玉蘭說，隨即又用嚴厲的聲調喝斥阿妙：「猶毋緊倒一屑仔菜瓜水來？」

阿妙手忙腳亂的拿碗去牆角一個陶甕裡，舀了小半碗菜瓜水交給婆婆，立刻又回到大灶邊繼續炒下一道菜，油煙水氣讓她眼前一片朦朧，鼻頭冒著陣陣酸楚。

金枝餵孫女喝了一些菜瓜水，又用冷布巾放在她的額頭為她降溫，但孩子仍然持續發燒哭泣，等到添財回來，她趕緊抱著玉蘭坐上牛車，叫他趕緊載去慈愛病院掛號。

護士小姐先為孩子量體溫，伯元檢查一下孩子的喉嚨，用聽診器聽聽孩子的心跳與呼吸，吩咐護士準備打針。

「敢有要緊？阮萬順千單留這個屘囝耳耳，千萬毋倘有啥差錯。」金枝擔心的問著。

伯元微笑回答：「只是感冒發燒耳耳，無要緊啦！這個查某嬰仔生做足婧，大漢會是一個大美人。」他隨口誇獎著。

金枝得意的告訴他：「院長，你毋知也阮這個屘孫是恁未來的外孫媳婦呢？伊猶袂出世就佮世傳指腹為婚矣。」

「囝仔的婚姻猶是大漢由個家己決定較好。」伯元慎重的說。

金枝以為伯元嫌棄這門親事，不太高興的問說：「林院長是看阮無夠重呢？」

伯元啞然失笑，解釋說：「毋是焉爾啦！我是在煩惱講佪兩個大漢了後，若是無佮意對方是欲焉怎？這敢會當勉強得？」

金枝這才釋懷，輕鬆回答：「若是佪無意愛，做一對兄妹嘛無要緊，主要是我佮佪阿嬤想欲兩家親上加親，予囝仔輩會當互相照顧。」

離開病院，金枝在路上埋怨：「這個林院長嘛有夠無意思，伊的妗囝佮博文兩個就會當自細漢訂親成，咱玉蘭佮世傳伊就無贊成，講兮啥物話？」

添財駕駛牛車緩緩走在街路上，夏天日長，晚霞滿天。

「伊是有智識的人，考慮較濟啦！」

「捌日仔玉蘭若是欲嫁，咱予伊嫁粧一牛車，看誰敢看伊無起。」金枝看著在懷中熟睡的孫女，仍有些不服氣的說。

添財咧嘴一笑，得意的回說：「嫁粧一牛車不如田園佮幾甲，咱兜別項無，田園上濟。」

回到家，阿妙已經把煮好的晚飯都端上桌，長工們也在等著他們回來才能吃飯。

金枝把玉蘭交給阿妙，沒好氣的叨唸說：「連一個囝仔都顧袂好勢，猶毋緊去飼奶。」

阿妙如同一個罪人般，低垂著頭將孩子抱回房間，阿良在一旁注視這一切，對金枝的言行敢怒不敢言，對阿妙小媳婦的卑微地位則充滿同情。

阿妙把玉蘭放在床上，先換掉濕尿布，才把孩子抱起來餵奶。已經退燒的玉蘭睜著一雙大眼睛與她對望，饑渴的吸吮乳汁，不一會兒就閉上眼睛入睡，卻仍貪戀著奶頭不放，她的眼淚滴在孩子稚嫩的臉龐上，將玉蘭驚醒，又奮力吸了幾口奶水，才重回那個單純的世界。

她將玉蘭放在床上睡覺，回到飯廳時大家已經快吃飽，萬成淡漠的看她一眼，冷冷的批評說：

「菜煮佮也無鹹汫，妳是在儉洨喔？」

金枝沉默著，添財瞪他一眼，罵說：「食閒飯的人是在嫌啥？」

萬成不服氣的回說：「我哪有算在食閒飯？你毋知也我今嘛佇外口趁偌濟錢。」

添財冷哼著：「若是有趁錢，哪無看你提半仙錢返來交我？」

萬成嘻笑著對父親說：「你的錢比我較濟，哪著要我提返來佮你相咬？」

金枝聽得發笑，輕斥兒子說：「你若莫返來茨裡提錢，我就偷笑矣。」

萬成信心十足的告訴父母：「今嘛換國民政府，有錢使鬼會挨磨，我一定會成功予恁看。」

隔天下午，阿妙煮好豬食放在手推車上，揹著玉蘭去豬椆餵豬，阿良突然出現讓她有些驚慌失措。

「你哪會來這？予人看著毋好，你趕緊走啦！」

阿良走到她面前，心痛的問她：「這種日子，妳敢欲忍耐一世人？」

阿妙流下眼淚，無奈的回答：「命運的安排，我閣是會當焉怎？」

阿良握住她的雙肩，神情激動的對她說：「予妳兩個選擇，第一是守寡一世人，也要予妳的大家糟蹋一世人，第二是綴我走，咱來去一個無人熟識的所在，做夥扑拼奮鬥，相信一枝草一點露，甘願做牛毋驚無犁倘拖。」

阿妙痛苦的問他：「焉爾我的妁囝袂焉怎？」

阿良冷靜的回說：「伊是萬順唯一留下的骨肉，妳若毋甘佮伊放咧欲將伊撮走，邱家一定袂放妳煞，不如佮伊留予伊的阿公阿嬤養飼，較贏綴咱出去食苦。」

阿妙一臉為難的神情，流淚不捨的說：「可是伊猶這爾細漢，猶未斷奶……。」

阿良打斷她所有顧慮，分析說：「玉蘭已經會食糜，就算斷奶也無要緊矣，妳要替妳家已設想才對，妁囝飼大別人的，妳留佇邱家會行得佒望啥？敢分會著財產？食老是欲焉怎？」

阿良的每句話都深入她的心坎裡，讓她心亂如麻。

「你予我考慮兩工，玉蘭拄好在破病，這陣我真正行袂開腳。」阿妙的話裡，其實已經做了選擇。

兩天後的深夜，和阿良約好私奔的日子，阿妙和女兒躺在床上，聽著窗外夜蟲的鳴叫，內心同樣紛擾不寧，往事樁樁件件掠過腦海，盡是辛酸苦澀。

也許是肚子有些餓了，玉蘭睡不安穩的哼了兩聲，她抱起孩子最後一次餵她吸奶，淚水與奶水同時奔流。心痛如絞的阿妙仰頭嗚咽，喝飽奶水的玉蘭放開乳頭滿足沉睡，阿妙溫柔的親吻她的額頭，將她放回床上，又細心為她換上乾尿布，輕輕蓋妥棉被。

她咬著牙根，從衣櫃裡取出兩個準備好的包袱，帶著嫁給萬順時金枝給她的黃金首飾，那是她僅有的一點財物。她躡手躡腳的打開灶間旁邊的側面，鑽出去後再把門關上，迅速朝向豬椆的方向走，阿良已經在暗處等她，兩人東張西望確定沒人看見後，一起順著郊外小路疾走，身影逐漸沒入茫茫暗夜中。

三

博文五月自南洋回來至今已有三個月餘，身心都處於一種疲憊狀態，面對生死無常的人生課題，母親離世，兒子出生，以及在兩個女人之間擺盪的情感，經常讓他的思緒有些混亂。

學校開學的日期在即，他決定先北上回學校問明復學的事，雖然他已進入實習的階段，還是有學校課業要完成，也要安排繼續實習的醫院。

要去台北的前一天晚上，他在整理出門的手提箱時，把他為阿春所畫的油畫畫布捲好放進箱子裡，還有一張世傳滿月時，他抱著孩子的合照，那是他私下偷偷去找老闆要求加洗的，他知道阿春會想要。

「你欲去幾工？」千佳問他。

「兩日仔我就返來矣，等開學再閣去。」他隨口回說。

於是千佳為他準備兩套換洗衣物拿到書房給他，讓他一起放入手提箱裡。

她眼尖的看見箱子裡的油畫布，故意問他：「兮是啥物？」
博文停頓一下，回答說：「我欲送人的一副圖。」
「欲送予誰人？」
「妳無熟識的人。」
博文一副不情願回答的模樣，讓千佳自討沒趣的走開。
夜裡上床後，千佳主動求歡，他努力滿足她的需求，不論她是基於情慾或想要生育子嗣，他都認為這是身為她的丈夫必須盡到的責任。
他從北港搭乘客運往嘉義火車站轉搭火車去台北，然後從台北火車站坐三輪車到學校去，一到校門口，看見校名已從「台北帝國大學」改為「國立臺灣大學」，他立刻感覺所有的風氣都不同了。走向醫學部，只有少部分的台籍教授留任，其餘全換新面孔，連職員都是中國來的居多，講話有濃厚的鄉音，需要很費力的溝通。他找認識的教授幫忙，好不容易才辦妥復學手續，實習醫院等開學後再安排。
他走路到以前的租屋處，開雜貨鋪的屋主還保留他的房間沒有另租他人。
「看著你會當平安位南洋返來我真正歡喜，台灣換這個國民政府來接管，虎狼豹彪一大群過來，佮所有的社會風氣攏扑歹了了。」五十多歲的屋主阿伯嘆著氣說。

他回房間打掃乾淨後，出門找晚飯吃，飯館裡隨處可見從中國過來的人，他們的穿著明顯與台灣不同，尤其是在公家單位上班的職員，清一色穿著中國人民服，台灣人的口袋一般都藏在衣褲裡，他們的口袋卻都露在外面，而且一件衣服上，就縫了兩大兩小的口袋。

隔天早晨，他去附近的市場吃外省口味的包子、豆漿，坐上三輪車去台北火車站搭車回嘉義，再從嘉義火車站轉搭有經過榕樹王庄的客運，抵達時已近黃昏。

阿春正在土埕上收曬乾的衣服，永隆蹲在地上拿著樹枝畫畫。

「阿叔！」永隆丟下樹枝奔向埕尾。

阿春像被雷電擊中般停頓住，不敢回頭。

「阿春！」博文在她身後溫柔呼喚她。

她轉身面對他，神情痛苦的問：「為啥物你又閣來這？」

博文抱著永隆，情深意切的回答：「我有物件欲送妳。」

「我無愛你送任何物件予我，你緊走，我無想欲閣看著你。」阿春絕情的趕他走，急忙走入屋裡去。

她將手上的衣服放在統鋪床上，坐在床沿流眼淚。看到他，她的心裡其實很歡喜，卻又有著相等的痛苦。

博文跟在她的身後走進房間，他將永隆放下地，把手提箱擺在床邊的五斗櫃上，打開箱子，先拿出一袋牛奶糖給永隆，然後才拿出畫布與照片遞給阿春。

她接過照片專注的凝視著，淚水不停的奔流，打開畫布看到他為她所作的畫，更是激動的捂著哭得哽咽的嘴巴。

博文在她身邊坐下，將她摟入懷中任她盡情痛哭。

牛車走入埕院的牛鈴聲讓阿春如夢初醒，她趕緊擦乾眼淚，催促博文離開。

「阮大家官已經返來矣，你要緊離開，啥物都莫閣講矣，我的心意袂改變。」

她手忙腳亂的幫他把手提箱扣好，塞到他手上，並急著將他推出房外。博文站在大廳門內，看見土水駕駛牛車載著有義和圓仔一起回來，永隆高興的把手裡的牛奶糖拿給先跳下牛車的有義。

「彼個就是頂日佇路口我有拄著的人，妳敢知也伊是誰？」有義遠遠看著博文，小聲問母親。

「伊是地主的後生。」圓仔面色凝重的回答。

「伊來咱這欲創啥？敢是欲來收田租？」有義猜測。

「毋是。」圓仔沒給有義知道地主答應五年不收租的事。

他們一起朝博文走過去，博文照往日對圓仔的稱呼問候她：

「阿姑，恁返來矣？」

有義對這個稱呼顯得很訝異，看著母親等她回應。

「陳少爺，你哪會來？」圓仔冷淡的開口問。

「我來看阿春佮母囝。」博文客氣誠懇的回答。

「你是焉怎欲來看阮嫂仔佮？」有義不客氣的質問。

阿春不等博文開口，搶著回說：「伊提物件來予我耳耳，隨時就欲走矣。」然後硬將博文推出大廳門外，催趕他說：「少爺，你緊返去，天就欲暗矣。」

博文猶豫不決的看著在場所有的人，怕他就這樣離開，阿春不知道會不會遭受責難？

土水將牛欸關進牛椆，走過來對博文說：「入來內面啉茶再講。」

博文依言又進入客廳，阿春為難的站在門邊，對他的執著完全無可奈何。

他在籐椅坐下來，先為自己的行為道歉：「失禮，我無應該閣來攪擾。」

圓仔從飯桌上的茶壺倒了一碗水給他，直接斥責他說：「明知你閣來？你到底是想欲焉怎？」

博文以誠懇的態度，看著土水夫婦說：「我無法度佮阿春放袂記得，所以我想欲求恁答應，予我來照顧個母仔囝。」

有義不明所以，卻立刻充滿敵意的拒絕他：「我的嫂仔佮孫仔我會照顧，無需要你。」

土水神情慎重的詢問他：「你敢有佮茨裡的人參詳過？」

博文一時語塞，半晌才回說：「只要恁若是會當答應，所有的問題我攏會想辦法解決。」

土水轉頭問媳婦：「阿春，妳的心內是焉怎想？」

阿春潸然淚下，態度堅決的回答：「我已經有清楚表示過，我絕對袂違背當初的約束，我有叫伊莫閣來揣我，毋閣伊就是予我講袂聽。」

土水聽完媳婦說的話，鄭重的對博文說：「陳少爺，感情是無法度倘勉強的，請你要尊重阮新婦的想法。」

博文看著阿春，神情哀傷的問了一句：「妳敢真正對我完全無感情？」

阿春毅然決然的對他說：「少爺，請你返去和少奶奶好好過日，以後莫閣來矣。」說完，她立刻走入房間，關起房門。

博文神情怔忡的望著那片關閉的房門，久久不發一語。

土水和圓仔都有些不忍再說重話，有義忍不住開口逐客：

「阮阿嫂話已經講佮介明白矣，你會使得走矣。」

博文提起手提箱，連告別的話都沒有，失魂落魄的離開蔡家。

圓仔看著他的背影，又聽見媳婦房裡傳出來的哭聲，只能搖頭嘆氣說：

「真正是可憐代喔！」

有義滿腹疑惑的追問：「我去南洋這段時間，茨裡到底是發生啥物代誌？」

*

千佳從房間的衣架上，取下博文換下來的西裝長褲，準備送去給阿菊清洗，她習慣性的翻找一下口袋，怕有東西忘記取出，當她看著手裡的三張票根，一張是從台北到嘉義的火車票，兩張客運票日期是同一天，票價卻不相同，從台北回家那天，他很晚才進門，到底還去了哪裡？

她拿著票根，寒著臉去書房找他，不悅的質問：「昨你按台北返來，有閣去佗位揣人？」

博文看著票根，冷冷的回應：「我敢要逐項攏向妳報備才會使得？」

千佳生氣的瞪著他，嘲諷說：「我看你是心虛才對。」

「隨在妳欲焉怎想，我無想欲加解釋。」博文一副疲憊的模樣。

「你是無話倘講。」千佳氣得全身發抖，將那三張票根狠狠丟在他面前的書桌上，轉身走出書房。

她覺得待在家裡一定會發瘋，簡單收拾一下衣物，吩咐阿興送她和奶媽、世傳回娘家。

美慈看見她怒容滿面的突然回家來，關心詢問：「發生啥物代誌？」

千佳不語，逕自走向她自己的房間，美慈叫奶媽帶世傳去住承志以前的那間房，她打開女兒的房門，母女倆關起門來談話。

「卡將，當初我無應該答應予博文去借腹生囝，我這陣足後悔。」千佳哭著說。

「是焉怎講？」美慈和女兒一起坐在床沿，憂心的看著她。

「博文的心變矣，伊去愛著阿春矣。」千佳越說越傷心。

「妳哪會知？」美慈不可置信。

「因為伊有偷偷去揣伊。」

千佳將兩人吵架的經過說給母親聽，美慈勸她：「妳嘛袂使得焉爾就認為伊一定是去看阿春啊！」

「位伊看囝的眼神，我早就看會出來伊對阿春猶是念念不忘，這是一個查某人尚敏感的直覺，伊的感情已經反背我矣。」千佳哭得像個孩子似。

美慈嘆了一口氣說：「若真正是焉爾，妳嘛無啥物較好解決的辦法敢毋是？」

「我無法度接受這款代誌，我絕對毋允准。」千佳用一貫驕縱任性的態度對母親說。

美慈充滿同情的看著她，無可奈何的搖頭：「查埔人若是欲變心，才毋管妳欲允准猶毋允准。」

「卡將，我是欲焉怎才好？」千佳趴在母親肩上痛哭失聲。

中午進丁回家吃飯，沒看見千佳母子，感覺奇怪的問博文：

「千佳佮母囝呢？」

博文語氣無奈的回答：「返去後頭。」

「哪會想著欲返去佮後頭？」進丁露出不解的表情。

博文不語，從他心事重重的模樣，他猜測的問：「恁翁某冤家？為著啥代誌？」

博文語氣沉重的回答：「因為阿春。」

進丁停頓半晌，試探詢問：「你偷偷去揣阿春予千佳發現？」

博文沉默著，進丁嘆著氣罵他：「你哪會這爾糊塗？你閣去揣阿春欲創啥？」

「多桑，我嘛無法度控制我家己的心意，就是一直會想起伊，想欲去看伊。」博文苦惱的對父親訴說。

「焉爾是欲焉怎解決？千佳我想是無可能同意。」進丁眉頭深鎖的分析說。

博文露出一抹苦笑：「問題是阿春嘛無欲接受我的感情。」

進丁訝異的問說：「焉爾恁兩個是在冤啥？」

「所以我才會無想欲佮伊講尚濟。」博文感覺很無奈。

「但是伊返去後頭，你嘛袂使得攏無去關心，猶是要緊去佮伊撮返來啦！」進丁教導兒子。

「好啦！予伊先住兩工，氣較消再講。」博文答應。

伯元聽美慈說千佳回來的事，十分不以為然，馬上就要叫司機把他們送回去，美慈阻擋說：

「伊的心情無好，你嘛予伊住兩工再講。」

千佳把自己關在房間不吃午飯，到晚餐時間，換千惠去勸她：

「阿姊，妳莫一直傷心、生氣啦！先出來食予飽，再來參詳看欲焉怎解決。」

千佳覺得千惠說的有道理，所以和她一起走出房間，承杰牽著開始在學走路的世傳走向她說：

「恁卡將來矣。」

美慈端出一碗白粥，灑了一把魚鬆在上面，交給奶媽餵世傳吃，全家人去飯廳準備吃晚飯。

「我看彼個阿春實在無成一個歹查某。」千惠小心翼翼的開口說，怕惹惱姊姊。

「歹查某敢會寫佇面裡？」千佳沒好氣的反問。

「我的意思是講，妳敢有去瞭解彼個阿春有啥物想法？」

千佳看著妹妹，愣住般沒接話，反而美慈贊成說：

「焉爾講嘛是有道理，阿春若是會當遵守約定，博文一個人嘛無戲倘扮。」

「多桑，你明早叫司機載我去榕樹王庄一逝，我來去佮阿春講看覓。」千佳要求父親。

伯元考慮著說：「焉爾敢好？家己的雞母毋顧去啊趕鴟鴞。」

美慈失笑回說：「你這句話干偌無啥對。」

伯元不在意的解釋說：「意思差不多啦！家己的查埔人管袂牢，去揣對方彼個查某人算數，感覺是在欺壓人。」

「我只是想欲瞭解阿春的想法耳耳。」千佳淡淡的說。

隔天早上，伯元吩咐司機送千佳去榕樹王庄，因為曾經接送過生病到慈愛病院住院治療的有忠夫婦，所以司機很熟悉路途。

正在土埕上曬衣服的阿春，見到少奶奶下車顯得非常驚慌，一副不知所措的模樣匆忙過來問候：

「少奶奶哪會來？」

「無欲請我入去坐？」千佳毫無笑容的回她。

「請入來坐。」阿春趕緊開口邀請。

兩人往客廳走去，在屋簷下玩彈珠的永隆還認得千佳，露出歡喜的神情叫她：

「阿姨！」

千佳摸摸他的頭，跨入蔡家大廳，這是她第一次來到這裡，也是第一次真正看見蔡家的貧窮，踏得黑亮的黏土地面，土糊的牆與草茨屋頂，是出身於醫生家庭又嫁入殷商夫家的她，無法體會的另一種人生。

她在籐椅坐下，沉默著。

「少奶奶，請啉茶。」阿春倒了一碗水恭敬的奉上。

千佳看著那個茶碗，直接拒絕：「我袂嘴凋。」

阿春只好把碗放在飯桌上，站在距離千佳三步遠的地方，像做錯事的人般低垂著頭，不敢面對她的視線。

「我是焉怎會來，相信妳的心內有數。」千佳語氣高傲的開口。

阿春不知該說什麼，只能帶著愧疚的神情站在那裡。

「妳有想欲做少爺的細姨否？」千佳直接了當的問。

阿春慌忙抬起頭，用驚恐的神情對千佳說：「我絕對無這個意思，少奶奶，請妳要相信我。」

千佳用深思的眼神看著阿春，心裡暗自鬆了一口氣，不知為何，她是相信阿春的，她的驕傲也讓她寧願認定博文對阿春只是一時的迷戀，這個打赤腳的鄉下女人，如何與她相比？

「我相信妳，但是希望妳莫閣佮伊見面。」她冷冷的說。

「我實在是無辦法阻擋伊來。」阿春一臉為難的說。

「只要妳堅持拒絕伊就好，時間一久，伊就會慢慢將妳放袂記得。」

「我知也焉怎做才對。」

「妳家已知也輕重就好。」千佳站起身，準備離開。

「少奶奶……。」阿春怯怯的叫住她。

「閣有啥物話欲講？」千佳語氣冷淡的問。

「我有答應，這世人袂佮世傳相認，我一定會遵守這個約束，妳敢會當答應，予我拄著啊見世傳一面？」阿春說出內心卑微的心願。

「妳想欲要我焉怎？」

「等伊較大漢的時陣，老頭家若是欲來收租，予伊撮世傳做夥來好否？」

「我考慮看覓。」

千佳沒有給她肯定的答案，阿春望著千佳離去的背影，眼睛視線因淚水而模糊迷離。

博文選在兩天後的傍晚打電話給美慈，說要去接千佳母子回家，美慈要他來一起吃晚飯後再回去，他以為會受到丈母娘和岳父的訓斥，結果他們從頭到尾都沒多說什麼，只是要他們互相體諒，夫妻吵架就是要床頭吵床尾和，不能使性子耍脾氣。

進丁等到他們回家，從奶媽手中抱過世傳，寶貝兮兮的又親又哄：

「世傳欸，阿公的心肝寶貝，阿公有偌想你的你敢知？」

千佳自覺愧疚的向公公道歉：「多桑，失禮啦！」

「無要緊啦！以後翁某毋倘焉爾激氣，有話要好好講，有代誌要好好參詳。」進丁溫和的勸說。

夜裡兩人上床就寢，一直沉默不語的千佳，讓博文猜不透她的心裡究竟在想什麼，但他自覺去找阿春的事確實是對不起她，所以他主動伸手將她摟入懷中，千佳順勢與丈夫依偎在一起，很多話似乎也不用再多說。

*

有義一覺醒來尚未聽見雞啼，他在黑暗中靜靜躺著思索，從母親口中他已經知道所有他去南洋之後發生的事情，因為大嫂的犧牲幫陳家借腹生子，既還陳家的人情債，也換來一頭牛及牛車等生財工具，慢慢可以改善家境。

大嫂與他同年紀就守寡，還為蔡家做此犧牲，身為她的小叔更應該負起照顧他們母子的責任才對。他要去南洋之前，大哥已經病重，曾親口拜託他幫忙照顧他的妻小，大哥從小對他的疼愛他點滴都放在心中，如果可以，他願意這輩子都用來回報他們。

他起床端臉盆去灶間舀熱水漱洗，阿春已在灶間忙著煮早飯，隨口吩咐他說：

「阿叔仔，甕缸欲無水矣，今仔日敢會使得先去車水返來？」

以前沒有牛和牛車，用水都得靠人力去挑，現在多買兩個水桶駕駛牛車去載，省時又省力，不需要那麼辛苦了。

「好，我食飽隨來去車水。」有義立刻答應。

土水照顧完牛隻，進客廳洗手臉，圓仔再度提起託媒人幫有義介紹對象的事：

「我今仔日會閣去媒人婆仔遐，探看有啥消息否？」

有義突然開口說起一件事：「我熟識一對兄弟仔，個兜囝仔濟個，所以兩個人做夥去南洋做軍伕趁錢，予茨裡的人會當領個的薪水過日子，結果後來大兄死佇南洋，有一個才兩歲的後生，茨裡的序大就出面做主，予小叔娶兄嫂做某，同款做一家人。」

圓仔和土水互望著，對有義所說的事，兩人一時反應不過來。

「你講這是啥物意思？」圓仔慎重的問坐在飯桌旁等吃早飯的有義。

有義態度嚴肅的回答：「這就是我的意思，我願意照顧阮嫂仔個母仔囝一世人。」

圓仔有些慌亂的叮囑他：「我要先探一下仔恁嫂仔的意思，你毋倘家己佮伊開嘴，較免見面會礙淆。」

吃完早飯，有義照阿春的交代先駕駛牛車去載水，土水去埕上曬牛糞，圓仔幫忙阿春收碗筷，假意擔憂的提起：

「有義年歲袂少矣，應該佮伊娶某矣，只是小嬸若入門，腹腸若無夠闊，驚妳佮永隆的日子就會無好過。」

「阿母妳免煩惱啦！我會事事項項攏讓伊，袂予妳為難啦！」阿春懂事的回答。

圓仔嘆氣問：「妳敢真正一世人攏欲過這種無翁倘倚靠的日子？」

阿春毫不猶豫的回答：「無翁倘靠無要緊，我會行得佚望囝就好。」

圓仔直視阿春，坦白的問她：「咱平平攏是查某人，妳有想過否？佇更深夜靜的時陣，彼種孤單寂寞的滋味，要忍耐一世人，敢真正赫爾簡單？」

阿春有些羞愧的低下頭，略微不自在的回答婆婆說：「我這世人已經有過兩個查埔人，有個佇我的心肝內就有夠矣，我無想欲閣改嫁。」

圓仔疑惑不解的問：「既然妳的心肝內有陳家少爺的存在，是焉怎毋歸氣接受伊的感情？」

阿春神情堅定的看著婆婆：「我已經講過，這是做人的基本道理。」

圓仔有些難以啟齒，用假設性的語氣探問：「假使講……若是予妳佮有義……。」

阿春露出不可思議的表情，阻止婆婆再說下去：「阿母，兮是無可能的代誌，兄嫂和小叔若做夥，人會焉怎講尻脊後話？」

圓仔低聲辯駁：「嘛是有人焉爾做，代替兄哥照顧大嫂，疼侄仔若親生囝，較歹也同血脈，妳詳細想看覓。」

「阿母，妳猶是去拜託媒人婆，趕緊佮阿叔仔揣一個對象，予伊娶某生囝才對。」阿春說完這些話，逕自走出客廳。

圓仔看著她的背影，還是只能搖頭嘆氣。

四

台灣與澎湖自一八九五年四月十七日被清朝和日本簽署《馬關條約》，將主權永久割讓給日本，像嬰兒割斷與母體相連的臍帶，從此成為日本的殖民地長達五十年。日本治台初期的二十年間，曾遭遇不少抗日運動事件，直到大正民主時期改派文官總督治理台灣，採取柔和的治台策略，讓台灣在政治、經濟、教育、醫療等層面逐步邁向現代化，於後期推行的「皇民化運動」，更徹底從信仰、語言、觀念等文化層面，改造台灣人民的思想與國族認同。許多台灣人曾努力學習的「國語」，在台灣光復重回祖國懷抱後無法繼續使用，又要重新學習另一種溝通語言，是所有台灣人共同的困擾。

承杰就讀虎尾高等中學二年級，一九四六年學校的日籍老師被遣返日本後，學校也開始禁止使用日文教學，剩下的台籍老師和學生一樣，都得從頭學習北京話，而多出來的職缺幾乎全由跟著國民政府來台的人遞補，有些鄉音重的教師或職員，所說的北京話根本就讓人聽不懂，新編的課本也讓習慣日文的學生難以接受。

放暑假前的期末考，因為學習成果不佳，承杰領著學校一大票學生罷考，拒絕進入教室，全班沒有成績可以打分數，學校教務主任只好來找家長商議，怕承杰的偏激行為會給學校帶來更多麻煩。

伯元在晚飯後喝茶時間與承杰溝通，他耐著性子詢問他在學校的學習情形，承杰立刻滔滔不絕的說了一大串：

「此個外省老師講話予人聽攏無，學校閣禁止此個台灣老師用日文教課，阮這些學生上課若像鴨仔聽雷咧，學袂曉是欲佮阮考啥物試？除了教國語的老師以外，此個外省老師家己講話嘛無標準，𪜶敢有認真學國語？也敢罵阮講日本語就是日本奴才？毋單是老師有問題，連學校上班的職員都足無規矩的，佮學校的物件當做𪜶家己茨裡的同款，水桶、掃帚、畚斗直接提返去宿舍，予阮欲掃的時陣無工具倘用，辦公也無照時間，予人真看袂慣習。」承杰越說越氣忿。

伯元冷靜的開導兒子：「語言是人與人之間會當溝通的基本方法，過去咱受日本統治，要學習日本語才有法度受教育，今嘛台灣既然已經光復，學習祖國的國語是必然的代誌，學生的本分就是好好學習，你哪會使得歹鬼攝頭搧動同學罷考？」

承杰哭喪著臉問說：「多桑，你敢袂感覺足衰的？過去予人強逼做日本人，今嘛閣予人強逼做中國人，阮做學生讀冊讀佮足辛苦呢！」

千惠鼓勵弟弟：「大家攏真辛苦，毋單是你耳，我佮多桑嘛是足認真在學北京話，朝代的改變咱也無可奈何啊！」

承杰有些賭氣的說：「我歸氣來去日本揣阿兄好矣，佇日本讀冊就毋免學北京話矣。」

美慈嘆氣說：「你以為去日本日子就較好過？一個戰敗的國家，閣予美國擲兩粒原子炸彈，有偌濟家庭破碎你敢知？你真正是食飯坩中央的，有冊倘讀就要認真才對。」

「休熱期間，暝時你就參我佮多桑做夥去學國語。」千惠對弟弟說。

「好啦！」承杰雖然還有幾分不情願，在全家人勸導下，也只好乖乖聽話。

千惠從虎尾女子高等中學畢業後，一直在父親開設的醫院工作，因為不是護士，通常都做掛號、跑銀行等行政事務，所以很努力學習新語言。

這日近午，一位老先生被農民用牛車送來急診，千惠認出他是晚上在鄰里辦公處教國語的老師王仁義，趕緊幫忙扶躺在診療床上，通知父親來看診。

伯元用帶著台語腔的國語詢問：「王老師，你人哪裡不舒服？」

王仁義的年紀與伯元差不多都在五十多歲，穿著長唐衫的模樣很溫文儒雅，現在卻臉色蒼白的緊閉著眼睛，氣息奄奄的回答：

「頭暈，想吐。」

伯元為他量體溫及血壓，又用聽診器聆聽心跳與肺部的呼吸，做出診斷說：「應該是中暑，要吊大筒的。」

王仁義虛弱的反問：「什麼是大筒的？」

千惠微笑解釋：「是點滴啦！」然後又問他：「王老師，需要幫忙通知你的家人嗎？」

王仁義感謝說：「好，我兒子是北港派出所的所長，名叫王永剛。」

千惠愣了一下，還是幫忙打電話通知。

王永剛急忙趕到，看見千惠同樣有些意外，走到正躺著打點滴的父親身邊，焦急責備說：

「爸！天氣那麼熱，你為什麼要出去外面？」

打了一會兒點滴，已經恢復一些精神體力的王仁義，歉然的向兒子解釋：

「我的一個老朋友隨部隊移防到附近的村落，早上特地去拜訪他，回來的時候坐錯車，只好用走的……。」他顯得很不好意思的越說越小聲。

伯元又過來替老先生做了一下檢查，用台語吩咐千惠：

「佮個講無要緊矣，大筒的滴完就會使得返去休睏矣。」

千惠朝父親嘟著嘴說：「這你家己就會曉講啊！」伯文逕自走出診療室去忙其他病人，千惠只好翻譯父親的話給他們聽。說完就急著想離開，王永剛卻故意擋住她攀談：

「林姑娘，我們又見面了。」

他用姑娘稱呼她，表示他還記得上次見面的事。

千惠困窘的抬眼看他，又立刻避開，冷淡的回說：「請讓路，我要去忙別的事了。」

王永剛抓緊機會問她說：「妳的朋友留下來的日文書，妳想不想要？」

千惠露出急切的神情看著他，欲言又止。

「如果妳不要，我就準備要當做廢紙賣嘍！」王永剛像在逗她似的說。

「我要！」她迫不及待的出聲，馬上又訕訕的加了一句：「請你把書賣給我。」

「妳約個時間，先來看看再說。」

千惠看著他們父子二人考慮著，她雖然對王永剛有戒心，對王仁義這位老師卻很有好感，感覺是可以信任的人。

「明晚老師會來上課嗎？」她問病床上的王仁義。

王仁義溫和的回答：「會呀！」

「那我明天晚上上完課，跟老師一起回去。」

晚上的國語課總是在飯後六點開始，上到八點下課，千惠叫承杰騎腳踏車載一個木箱出門，跟她一起去老師家載石原留下來的書。

他們漫步在有路燈照明的街道上，千惠隨口和王仁義閒聊：

「老師故鄉在哪裡？」

「杭州。」

「家裡在做什麼事業？」

王仁義嘆了口氣，娓娓說出自己的經歷：「我家是小地主，父母雖然沒讀什麼書，卻很注重孩子的教育，讓我們上學堂讀書認字，學習做人的道理。我結婚以後，父母讓我開了一家書店營生，戰爭讓人民無法過平靜的生活，尤其是共產黨的階級鬥爭，地主家庭是最大的目標，我帶著家人開始四處逃難，後來老婆和女兒病死，只剩我和永剛相依為命，聽說國民政府要來接收台灣，有很多職缺可以安排，所以花了一筆錢幫永剛安排一個職位，就這樣來到台灣。」

「戰爭打了那麼久，逃難的日子很辛苦吧？」千惠同情的說。

王仁義語氣沉重的回答：「沒有家就像沒有根，四處漂流，又怕永剛被抓去打仗，得躲躲藏藏，真的很辛苦。」

「台灣剛脫離日本統治，大家都要重新學習新的國語，也很辛苦啊！」承杰插話說。

王仁義和千惠都笑了，他回話說：「語言不通，真的會很辛苦。」

重回石原住處的客廳，雖然易主一段時間，幾乎沒多大改變，只是書櫃裡多了幾本中國古文經典，其中一本是他們小時候上漢學堂必讀的《弟子規》，千惠看著那些書百感交集，眼裡不時浮現淚花。

「這些日文書我們看不懂，妳想要的話，就都拿去吧！」王仁義對著那些書說，顯露出對書籍的愛惜之情。

「謝謝老師。」

「妳是該謝謝我爸，剛搬進來的時候我本來想賣給收廢紙的，他很捨不得，說不論是什麼書都要愛惜。」王永剛主動告訴她。

他身上還穿著警察制服，好像才下班不久。

「從小我的父母就教育我要愛惜書本，他們認為每一本書都有珍貴的知識，不能隨便丟棄。」王仁義露出懷念過往的神情。

承杰幫忙姊姊把書櫃裡的日文書拿出來放進木箱裡，邊讚嘆說：

「想抶到石原所長是一個這爾有水準的人，攏是文學書呢！」

「我聽無。」王仁義突然說了一句外省腔的台語，把千惠和承杰都逗笑了。

回家之後，千惠叫承杰把書搬進她的房間，連同木箱放在書桌旁，她躺在床上翻閱那些書，許多回憶湧上心頭，他回到日本生活過得如何？也會這樣想念她嗎？

這夜，千惠翻著書，懷著縷縷思念進入夢鄉。

兩天後，一個十歲左右的孩子送了一封信到掛號處問說：

「請問林千惠有佇咧否？」

「我就是。」她訝異回答。

「有人叫我送批來予妳。」男孩把信從掛號的窗口拿給她。

「誰叫你送的？」

「派出所的所長。」男孩轉身跑走。

護士阿昭取笑說：「哘～有愛慕者喔！」

千惠羞紅臉，打開下層抽屜，將那封信放入她的手提包裡。

「提出來讀予阮聽啦！足想欲知也批內是寫啥物？」阿昭故意笑鬧著說。

「我毋要。」千惠一口拒絕，逕自忙起手邊的事。

她等到回家之後，在房間裡才把那封信拿出來看，信的內容很簡單，就是寫著他對她的仰慕之情，希望能與她做朋友的請求，信裡還附上一張他父親剪的紅色窗花，是一對鳳凰，看得出來手工很精巧。

千惠毫不猶豫的把信紙揉成一團丟入字紙簍，卻捨不得那張漂亮的窗花，便隨手拿起一本書將它夾進去。

*

空卿騎著腳踏車穿梭在北港鎮上的大街小巷寄藥包，戰後社會的改變全讓他看在眼裡。許多日本公司、商店等招牌全不見了，換上的是國民政府的種種機關單位，不論是不是真的屬於公家，反正只要掛個名稱，就可以佔用那些原本屬於日本人的財產。

他經過一棟樓房，看見沙枯拉的丈夫林桑生氣的從大門走出來，便停下詢問：

「林桑，你哪會佇這？」

林桑拉著他走遠些，才憤憤不平的開口說：「這棟茨是熟識的日本朋友交代我保管的，佇國民政府欲來接收以前就先過戶予我，結果予一個毋知啥物碗糕單位來佔用，干單提一張欲徵用的公文予我耳耳。」

「這嘛毋知是啥物政府？哪會焉爾胡白來？聽我的序大人在講，軍隊佮農會的米搬佮欲空去，米價直直起，比配給的時陣閣較害，一寡散赤人驚會枵死。」空卿憂慮的說。

「阮兜佇頭前耳耳，欲入來坐否？」林桑開口邀請。

「恁兜欲予我掛藥包否？」空卿笑著問。

「哪有啥物問題，只是這干單住阮翁某兩個人耳耳。」林桑爽快的答應。

「恁敢無囝仔？」空卿好奇追問。

「有兩個，交予庄跤的序大人照顧，阮休睏日才會返去看囝仔。」

這個時間是飯館午休的時間，空卿首次到他們的住家，那是一棟兩層樓房，看見空卿一起進門，沙枯拉從客廳沙發起身，用日語問候：

「歡迎，怎麼會一起回來？」

「路上遇到。」林桑也用日語解釋。

「要喝茶嗎？」沙枯拉從沙發桌上的茶盤提起茶壺，倒了一杯水給他。

現在的沙枯拉如果不說話，完全看不出是日本女人，她和多數需要工作的台灣婦女一樣，穿長褲和襯衫，頭髮用絲巾綁在腦後。

「我要來掛藥包，裡面有吃牙齒痛、頭痛、肚子痛的藥，妳如果看不懂國語，看上面畫的圖就知道。」空卿拿出一個藥袋解釋，三個人很自然用日語交談。

沙枯拉裝出一副頭痛的樣子說：「頭痛藥我很需要，現在食堂裡簽帳的單子很多，錢又很難收。」

林桑苦笑說：「公家單位長官很多，常常要招待吃飯，經費不夠用就先簽帳，又無法拒絕他們上門。」

空卿開玩笑問：「頭痛藥需要多放幾包嗎？」

沙枯拉嘆氣說：「放一盒吧！」

*

阿妙與阿良私奔的隔天清晨，金枝聽見雞啼起床，去到灶間卻不見阿妙的人影，冷鍋冷灶沒人起來煮早飯，她以為阿妙睡過頭，進入她房裡就是破口大罵：

「妳是睏死去呢？這陣啥物時間矣猶毋起來煮飯？」

她生氣的撥開床前的睡帳，玉蘭被她驚醒放聲大哭，床上卻不見阿妙蹤影，她愣在當場，添財也聞聲過來詢問：

「透早就在大細聲，是為著啥物代誌啦！」

「阿妙毋知走去佗位，猶袂煮早頓。」金枝回答，爬上床抱起玉蘭。

「敢會是去便所？」

「佗無跋落屎號仔閣，這爾久猶袂出來？」

「玉蘭予我，妳先去煮早頓，等一下再看覓。」添財說，抱過玉蘭搖哄著。

金枝趕緊去灶間升火煮飯，其他長工也都起床，有人來向添財說：

「無看著阿良，毋知走去佗位？」

添財面色凝重起來，坐在飯桌前拿糕餅餵玉蘭，沉默不語。

金枝端煮好的番薯簽稀飯上桌，張口欲罵，立刻被添財的眼神制止，長工們吃飯的時候無人敢出聲，大家彷彿都心裡有數。

等所有長工都出門去工作，金枝才咒罵起阿妙和阿良：

「這對奸夫淫婦！以後會袂好死！妁囝猶這爾細漢伊放會落？心肝真正有夠雄。」

添財倒是平靜的接受這件事，勸金枝說：「這毋是一件光榮的代誌，盡量莫佇外人的面前焉爾罵。」

「這個查某心肝真正有夠狼毒的，咱玉蘭猶閣這爾細漢，無父無母，以後日子是欲焉怎過？」金枝抱著玉蘭哭了起來。

萬成被金枝的聲音吵醒，睡眼惺忪的走出來問：「發生啥物代誌？」

「阿妙佮阿良相攝走矣！」金枝帶著哭音忿忿的回答。

萬成張著嘴巴愣了半晌，突然笑了起來：「恁攏講酒家女無情無義，結果呢？世間有幾個查某會堪得守寡？」

金枝拿起飯桌上的空碗作勢要砸他：「你這個夭壽死囝仔咧！茨裡出這款代誌你閣笑會出來？你是按算欲佮恁祖媽氣死才會甘願呢？」

萬成逃得遠遠的，仍嘻皮笑臉的回說：「月嬌雖然佇酒家在上班，對我真正是有情有義，恁莫閣嫌伊矣。」

他沒吃早飯就騎上腳踏車出門去月嬌的住處，月嬌還在床上睡覺，一身酒氣尚未完全消退，萬成爬上床，也不管她有沒有清醒，脫掉她的內褲就做起那件事，月嬌推打他幾下，罵了兩句，也就由著他去發洩，等他完事後，才沒好氣的問他：

「你是食毋對藥仔是否？透早就在起痟？」

萬成翻身躺下，高興的說：「我是尚歡喜矣！」

「你是在歡喜啥？」月嬌不解的問。

「阿妙綴阮兜的長工阿良走矣，以後邱家的財產攏是我的矣。」

「伊若無走才是憨咧！也毋是生後生，姁囝飼大別人的，哪有啥物倘佚望？」月嬌評論說。

「所以妳若會當佮我生一個後生，阮老父老母就無法度反對我娶妳矣。」萬成理所當然的說。

月嬌笑著推他一把，兩人在床上嬉鬧起來。

阿妙的離去讓金枝每天都忙得像陀螺一樣，洗衣、煮飯、飼豬、照顧玉蘭，沒三天就累倒在床上，添財只好趕緊雇請一位女工來幫忙。

突然失去母親的玉蘭日夜哭啼，拒絕喝奶粉沖泡的牛奶，幸好已經可以吃粥，也會吃米麩，慢慢才適應由阿嬤照顧的生活。

看著躺在夫妻倆的中間，好不容易哄睡的孫女，金枝嘆了一口氣說：

「家已無生姁囝，今嘛照顧姁孫閣袂輸在照顧姁囝咧。」

「僅差老奶脯無奶予伊吸耳耳。」添財消遣她。

「猶有心情講笑。」金枝伸腳踢他一下，停頓半晌，又低聲說：「你看咱是毋是要來佮萬成娶某矣？」

「妳毋是有央媒人在揣？到單敢有一個精物的？」換添財嘆氣說。

「咱的囝就可憐有缺失，好門風的毋嫁咱，精光的也毋揀咱啊！」金枝無奈的說。

「上重要的是伊家己毋精樣啦！佇外口歹風聲，當然嘛做無好親成。」添財沒好氣的唸叨。

「較歹也是咱的囝，咱嘛賭這個倘佒望耳耳，總是要替伊扑算一下。」金枝為兒子說話。

「欲替伊扑算嘛要伊肯聽話。」

「查埔人少年放蕩攏嘛會，慢慢伊就會曉想矣。」

「希望如此啦！」

自從幾年前萬成向錢莊借錢，害他只好賣地給進丁解決債務，添財就不曾再把收租管理租地的事交給他，現在萬順死在戰地，留下女兒玉蘭長大會出嫁，萬成變成是繼承邱家香火的唯一人選，添財無可奈何的只能試著倚賴他，又把收租的事交給他。

日本總督府在把台灣移交給國民政府官員前，曾詳細擬定了一套《對前進指揮所有關米穀管理的要望事項》，以及《台灣總督府農商局食糧部移交清冊》，清楚交代如何透過精確的「征購」與「配售」，達到管制米糧與控制物價穩定民生的方法。這套方法對農民而言是十分苛刻的，但日本的糧食局會派農業指導員對農民做生產前的輔導，給予確切的種子數量及價格低廉的肥料補助，下種後會由各庄役場派人丈量生產面積，並記錄稻禾生長情況，收成前還要再重新測量做為征購額度的實測依據，農民辛苦所得的稻穀都要如實交給農會，再照配給制度「計口授糧」去買米，但至少沒有發生過餓死人的糧荒。

從一九四五年十月二十五日台灣光復到一九四六年二季稻作收成，因為國民政府的糧食局官員無能，沒有做到該做的行政工作，只要求農民自己去調整繳納米糧的數量，還規定調整後的總額不得少於原派額總數，不管農民是否遭受天災欠收，對農民也沒有肥料及種子補助，還用遠低於市價的行情剝削農民，徵購稻米運往中國內地支援國共內戰，不到一年之間，台灣開始出現糧食不足的情況，讓白米價格連翻數倍。

從來不事生產的萬成根本不知道農民的辛苦，當鰗鰡拿二季稻作收成的四成金額給他時，他看著那一點錢，當場垮下臉，以為鰗鰡拿前年賣亞米仔貨當人頭擔罪的事，在和他計較。

「地租佮恁四六分已經是對恁足特別的矣，你今嘛提這點仔錢是欲算啥？連一半都無，當做我是憨的猶是目睭青瞑？」

「老大欸，你有所不知，自從這個國民政府接收台灣以後，農會換主管，毋單肥料佮種子攏無補助，閣會食秤頭，明明佮以前交平濟袋，斤數就是會減，賣無以早的金額我嘛無法度。」鰗鰡愁眉苦臉的說著。

「外口白米的市價赫爾好，咱哪著交農會欲創啥？」萬成揚起下巴斜睨他說。

「政府就規定要交一定的額數出去。」鰗鰡一臉無奈。

「咱毋要交農會敢袂使得？」

「恁是地主，家己去佮農會交涉啊！」

萬成回家和父親商議這件事，添財也正在猶豫：

「咱兜家己種的粟仔猶袂交出去，就是因為我嘛是感覺足無公平，這個政府若土匪咧，比日本政府較害，完全無顧農民的死活，本來猶在歡喜毋免閣過配給的日子，誰知也竟然會比配給的時陣較慘，物價直直起，散赤人無米倘落鼎。」

萬成出主意說：「咱先莫佮粟仔交出去，看個會當佮咱焉怎？」

添財點頭同意，邱家自耕的十甲水田，收成曬好的稻穀堆滿整間儲物倉庫，農會派人來催他們去交徵購配額，添財都置之不理。有一天中午吃飯時間，大埕開進來兩部軍方的卡車，下來近十個拿槍的士兵，添財和幾個正在吃飯的長工跑出來站在廳門前，嚇得不敢出聲。

一個領隊的中年軍官走上前問：「邱添財是哪一位？」

「我……你……欲創啥？」添財緊張得半國語半台語結巴問說。

「你不交稻穀給農會，我們士兵沒有米可以吃，所以來徵收你的稻穀。」那位陸軍軍官一臉嚴肅的說。

添財雖然無法完全聽懂他的話，用猜的也知道他的意思。

「粟仔是我種的，我……為什麼……要交你？」他努力挺起胸膛，想與那位軍官對抗。

軍官傲然凝視他，語帶恐嚇的說：「軍隊的責任是保家衛國，人民供應糧食給軍隊是應盡的義務，如果你不服從的話，那就跟我回去見我們連長。」

金枝來到添財身後，拉拉他的衣服，小聲說：「予個啦！咱拼袂贏舉槍的，顧生命要緊。」

見他不說話，那軍官再問：「稻穀放在哪裡？」

添財瞪著他，敢怒不敢言，金枝趕緊伸手指著放稻穀的儲藏倉庫，軍官立刻示意士兵們去搬稻穀上車。

臨去，添財憤憤的質問：「錢咧？不給錢用搶的喔？」

「去找農會拿。」軍官丟下這句話，逕自上車走了。

沒有過磅秤斤兩就被搬光，隔天添財去農會拿到一張職員隨便寫的交穀單，添財氣得三天吃不下飯，整天都在咒罵這個賊政府。

五

空卿白天上班做寄藥包的工作，種種民生疾苦的現況他都看在眼裡，聽在耳裡，每天吃過晚飯，他也常去賣書報的店翻看新聞，逐漸瞭解國民政府接管台灣後，因為施政不當造成物價飆漲、糧食缺乏、工業停擺、治安敗壞等等社會問題，加上許多來台官員種種貪污腐敗行逕引起民怨，空卿感覺內心有股怒火在燃燒，他再度拿起畫筆，將報紙上看見的新聞畫成圖畫，準備利用晚上的時間出去演紙戲給鄉親看，台灣人必須覺醒，不能再傻傻的被欺壓。

他第一張圖先畫出國民政府軍在基隆港上岸，一大群民眾在港口前拿著「台灣光復」、「歡迎祖國同胞」等標語歡呼迎接，圖畫標題是「國民政府接收台灣」。第二張圖畫了一隻穿國民服坐辦公桌的大肥豬，四個口袋裝滿鈔票，一臉傲慢的神情看著桌旁來洽公，一副卑躬屈膝模樣的台灣民眾，空白處抄錄一九四六年五月《民報》的新聞：「省公署為保障公務員生活安定計，從四月份起撤廢生活津貼及公米津貼，另以本俸為基準，最低對本俸加乘卅三倍，每三個月依物價指數變動將改加乘基數。」他用大字下了一個標題叫做「搶劫台灣」。第三張圖畫的是一艘載滿糖和米的大船，準備啟航開往中國，港口邊的街頭上有乞丐餓死在路邊，民宅裡婦女要煮飯打開米缸是空的，一大群孩子個個餓成皮包骨，圖畫標題是「悲慘的台灣人」。

每天下班後，空卿回家吃過晚飯，就會載著他演紙戲的工具箱出門，有時在媽祖宮門前，有時在車站門口，有時也會在林桑的飯館旁邊，藉一點微薄的光線，以「紙芝居」形式評論時事，空卿的演說很快吸引許多對社會不滿的民眾聚集，大家你一言我一語的批評國民政府官員的種種惡行，他的演出越來越受民眾歡迎，連賣小吃的擔子也追隨他，慢慢竟像流動夜市一般熱鬧。

「你焉爾逐暝攏出去罵政府，是會犯罪猶袂？」空卿的母親難免擔心。

「我講的攏是事實，有犯啥物罪？」空卿理直氣壯的回答。

「出去演紙戲，也無趁湯也無趁粒，是在食飽換枵喔？」空卿的父親不以為然的數落。

空卿義正詞嚴的說：「大家若是攏放恬恬由在人欺負，焉爾台灣就真正無希望矣。」他堅定的神情與所說的話，讓父母無言以對，他們在番薯簽市做買賣，最能感受生活比以前更困苦，以前照配給還能買到米，現在連農會都拿不出米穩定市價，讓黑市米價格一再飆漲，連番薯簽都隨著連番上漲，真的會逼死一些貧窮人家。

這晚，空卿才剛到媽祖宮前落腳，派出所所長王永剛隨即和一名台籍警察走過來，客氣的對他說：

「這位兄弟，可以不要再演出了嗎？」

空卿假裝聽不懂，用台語回答：「你在講啥物碗糕我聽無啦！」

台籍警員立刻翻譯說：「伊叫你莫演矣。」

「我是焉怎袂使得演？」空卿不服氣的反問。

「你每天都在煽動群眾罵政府，這樣不好。」王永剛仍然客氣的說。

「我沒有煽動，我說的都是事實。」空卿用台灣腔國語滿面怒容的瞪視著王永剛。

王永剛竟無話可說的停頓半晌，才訕訕的解釋：「現在時機有點亂，慢慢就會變好。」

「還沒等到變好那天，台灣人就餓死了了矣！」空卿冷冷的嘲諷。

「兄弟，給個面子，我的長官派我來處理這件事，你別讓我為難好嗎？」王永剛好言好語勸說。

「如果我不給面子呢？你能把我怎麼樣？」空卿挑釁的反問。

王永剛愣了一下，神情有些難堪的對他說：「我是不能把你怎麼樣，但我的長官會怎麼對付你我也不知道。」

「人肉鹹鹹啦！我就毋相信這個國民政府會偌鴨霸，來台灣也欲食也欲掠，阮連講話的權利都無？」空卿用台語氣憤的嚷著，逕自擺好演紙戲的木箱，準備要開演。

王永剛無可奈何的看著他，民眾慢慢聚集過來，空卿看了退到角落的王永剛一眼，清清喉嚨，掀開紙戲木箱的暗紅呢絨布，開場即說：

「各位鄉親，咱台灣自《馬關條約》被清朝割讓予日本統治五十年，日本政府佮咱當做牛佮馬看待，至少猶會照顧咱的生活，今嘛換這個國民政府來接收台灣，因為官員無能、貪污，軍隊無紀律、胡白來，並無將咱台灣人當作是同胞看待，這種政府咱敢欲閣繼續忍耐落去？」

「毋忍耐咱會當焉怎？」有人問說。

空卿語氣堅定的說：「只要有不公不義的代誌，咱一定要團結起來抗爭，袂使閣繼續予人欺壓落去矣。」

「對，對，對，水已經淹到鼻孔矣，有不公不義的代誌一定要抗爭。」有人附議。

王永剛默默離去，對空卿所說的話，他也是心有戚戚焉。

＊

「米店常常無米倘賣，這是欲焉怎就好？」進丁看著店裡空無一粟的米桶，憂心忡忡的對金火說。

今天店裡所有的米，不論是在來米、蓬萊米或糯米，不到半天就被買光，因為進丁總是以接近進價的價格在販售，而且限定一人只能買半斗，就是希望能讓大家都有飯吃。

「春生講伊會去想辦法，嘛毋知伊有啥物門路。」金火有些不確定的回答。

「連農會都無米倘出予咱，伊是會有啥物辦法？」進丁搖頭嘆氣。

「以早日本時代管理足嚴，一就一，兩就兩，今嘛換這個國民政府就無同矣，攏有後壁路倘行，無定著春生仔真正有辦法，若無，極加店關起來，等有米倘賣再開就好。」金火盤算著說。

進丁立刻糾正他：「咱的米店若無開，就有人會無米倘落鼎，咱做生理人袂使得無替人客想。」

金火稱是，趕緊告訴進丁說：「春生已經出去一晡久，應該就欲返來矣。」

才說著，春生果然騎著腳踏車回來。

「焉怎？揣有米倘進否？」金火急著對才踏入店裡的兒子問。

春生露出一個圓滑的笑容，看著進丁說：「應該是無問題。」

進丁皺起眉頭，謹慎的問他：「這話是焉怎講？」

春生詳細稟報：「萬成仔的湊陣的是天香閣的酒女月嬌，伊熟識介濟政府官員，欲揣門路透過伊就會穿針引線。」

「這佮買米有啥物關係？」金火不解的問。

春生慢慢解釋：「月嬌下晚會替我約農會的課長出來應酬，欲買米免驚無。」他一副自信滿滿的模樣。

「農會哪猶有米倘賣咱？」進丁疑惑的問。

「我聽萬成在講，農會在收粟仔磅重的時陣，攏會偷暗，內部進出貨嘛會做數，這些加出來的部分，就是黑市買賣的來源。」春生回答。

「所以你下暗要去天香閣佮農會的課長應酬，談這個買賣？」金火順著春生的話問明後續。

春生點頭：「無定若講好，半暝就佮貨交咱矣。」

進丁搖頭嘆氣，有些猶豫的問說：「台灣的社會哪會變佮焉爾？這款歹風氣的代誌咱敢倘做？」

春生輕鬆的回答：「若無，咱米店就變做雨傘店，有米倘賣的時就開，無米倘賣的時就關，焉爾耳耳。」

進丁也只能無奈同意，囑咐春生全權處理這件事。

春生入夜後穿著西裝，打扮得油頭粉面的模樣，向父親支領一筆應酬費，爽快的騎著腳踏車出門，一路哼著歌去到天香閣，走桌的阿明一見到他，立刻上前熱絡招呼：

「春生少爺，成仔舍已經佇內面在等你矣。」

阿明帶他去一間廂房，萬成和月嬌挨坐在一起，農會的課長還沒來。

春生才一坐下來，萬成立刻開口說：「春生啊！咱是若兄弟的好朋友，有福同享，這攤生理若做會成，好處是毋倘家己獨吞呢？」

春生有些無奈的乾笑著：「這是阮家己的生理，大欸你是抱囝仔過戶樠耳耳，也在佮我計較？」

萬成笑著說：「我相信你嘛是袂白了工去做這件代誌敢毋是？若焉爾就加塔一寡，也無了著你的啊！」

春生露出一個油滑的笑容，答應萬成說：「好啦！我袂失你的禮，毋閣以後若是有好孔的，你嘛是要佮我相報一下喔！」

「兮是當然的。」萬成一口允諾。

兩人在農會課長還沒出現前達成共識，農會職員利用收稻穀的機會苛扣斤數，由課長轉賣給他們，他們再轉賣給德隆發商號的米店，形成一個利益共同體，春生與萬成兩人又藉機發了一筆小財。

*

有義與大哥有忠兄弟情深，大嫂阿春入門後，也盡責的照顧一家大小，他從南洋回來大哥已病故，看到別人家有「小叔娶兄嫂」的例子，有義原本也想學別人一樣，希望能娶大嫂阿春當老婆，這樣永遠都是一家人可以互相照顧，但是透過母親的探詢，他明白大嫂的決心，也就斷了對阿春的戀慕之情，接受母親的安排讓媒人去撮合。

阿彩在冬至前入門，說媒時就講好聘金與嫁妝互免，蔡家送一筆「尿苴仔錢」，阿彩娘家則給女婿訂做「一套頭尾」，簡單辦幾桌宴客。

當晚自家人頭一次一起吃飯，圓仔想趁機會教育媳婦，就對阿彩說：

「以往攏是恁嫂仔在洗衫煮飯，今嘛妳嫁入來，兩個東姒仔要輪流。」

阿彩那張扁圓的臉上，一對細目立刻露出精光，順著圓仔的話尾接口：

「阿母啊！我就較憨慢煮食，飯猶是予嫂仔煮，衫予我洗就好。」

圓仔愣了一下，看著阿彩那一臉精明的模樣，冷冷的回說：

「妳閣真敖扑算焉怎？煮飯要照三頓，洗衫一日才一擺，妳攏貿贏無貿輸。」

阿彩淡淡的說：「我也毋是會當閒閒佇茨享受，嘛是要出去做穡敢毋是？」

圓仔一時竟被堵得無話可說，看著一旁沉默的有義，再看阿彩那伶牙俐齒的模樣，竟只能搖頭嘆氣。

阿春不想傷和氣，趕緊出聲說：「洗衫煮飯同款攏交代我就好，有阿彩會當湊做穡，恁就毋免赫爾忝矣。」

「焉爾上介好，麻煩嫂仔嘍。」阿彩歡喜的說。

飯後，圓仔在灶間私下責備阿春：「妳哪會使得赫爾清彩就答應欲負責煮飯洗衫？焉爾妳會予阿彩食過碼去妳知否？」

「無要緊啦！攏是一家人。」阿春溫婉的回說。

「妳無看阿彩頭一工入門耳耳，就敢佮我焉爾一句來一句去，妳若尚好講話，一定會予伊食夠夠。」圓仔擔心說。

「阿母，妳毋免替我煩惱啦！我袂佮伊計較，人講家和萬事興啊！」阿春露出一個不以為意的笑容。

圓仔又是只能搖頭嘆氣：「妳袂佮人計較，人欲佮妳計較咧，以後妳就會知。」

阿春的房間與有義他們房間只隔著一片土糊的牆壁，他們洞房花燭夜的動靜全清楚傳入她的耳中，撩皺一池春水。她的腦海不斷浮現與博文溫存的畫面，體內的慾海波濤洶湧，讓她徹夜輾轉難眠。

*

已經開始在台北一家醫院實習的博文，難得休了幾天假回來，和空卿約在林桑的飯館吃飯聊天。

「歡迎光臨！你很久沒放假回來了。」沙枯拉用日語腔的國語問候他。

博文也用國語笑著誇獎說：「妳學得很快喔！」

「沒辦法，要生活啊！」沙枯拉一副無奈模樣的聳聳肩。

「我現在要實習也要上課，所以比較忙。」

「了不起，再辛苦兩年就是醫生了。」

沙枯拉幫他們點好菜就去廚房幫忙，空卿迫不及待的問他：

「你佇台北有啥物感想？台灣予國民政府來接收了後，社會風氣規個攏扑歹了了，敢攏無人出來批評？」

「哪會無？毋閣敢有路用？像你暝時在演紙戲同款，狗吠火車耳耳。」博文有些喪氣的說。

「閣繼續落去，台灣一定會有人出來領頭反抗。」空卿像在說預言似的。

「你想欲做鴨母王喔？」博文消遣他。

林桑親自送菜出來給他們，想順便聊兩句，聽見博文問空卿這句話，神情很慎重的等著聽答案。

「我若是欲學朱一貴攑頭起義，對抗貪官暴政，你敢會支持我？」空卿似真似假的笑問。

博文很乾脆的回答：「我當然會支持你，因為台灣予國民政府接過手了後，社會風氣顛倒敗壞。」

林桑也跟著說：「我嘛會支持你，為著台灣，咱要做夥扑拚。」

空卿收起玩笑的神情，嚴肅的說：「毋管是誰出來撮頭，只要是為著台灣人的未來所做的抗爭，咱攏要支持。」

林桑建議：「台灣人就像一隻憨牛，予人控制慣習矣，連欲予人牽去刣都袂曉欲反抗，你會使得搬演鴨母王朱一貴的故事，予大家知也倘覺醒。」

「這個建議好，我返去就開始準備。」空卿興致勃勃的說。

飯館裡開始有其他客人進來，一群六個穿國民服的人用很重的鄉音在說話，氣氛有些喧鬧。

「你敢聽有個在講啥？」空卿小聲問。

博文不是很肯定的回答：「干若在喬人事的款，應該是有人來拜託欲安插工缺。」

空卿睨著那些人，不滿的說：「個些個人尚敖焉爾牽親引戚，頂司的缺攏予個佔去，再來騎佇咱台灣人的頭殼頂。」

那幫人其中的一個接觸到空卿的眼神，空卿用充滿敵意的眼神與那個人對視著，直到對方避開，他才對博文低語：

「毋知在看啥洨，當做個父驚伊喔？」

博文看見對方交頭接耳並不時偷瞄他們一眼，彷彿在提防什麼，其中一個突然起身離開。

幫忙送菜去那桌的沙枯拉，走過來用日語小聲告訴他們：

「好像聽說要請派出所所長來。」

空卿冷哼著說：「咱坐佇這食飯敢有犯法？是焉怎就要去請所長來？意思是欲嚻擺個足有勢力的呢？」

博文勸說：「無事莫惹事啦！咱食咱的飯，莫睬個。」

片刻後，北港派出所的所長王永剛帶著兩個警員，連同那個剛才離開的人趕來，態度恭敬的去向那桌人打招呼，他們的視線都朝空卿這邊掃來，空卿也毫不掩飾的用厭惡的眼光瞪回去，一邊告訴博文：

「這個派出所所長名叫王永剛，也毋是啥好物，近前猶捌來勸我莫扮紙戲罵政府。」

王永剛態度和善的朝他們走來，滿面笑容的和他們打招呼：

「陳少爺和林先生來吃飯嗎？」

空卿傲慢的用台語回說：「廢話！來這當然嘛是來食飯，無是來看鬧熱喔？」

王永剛神情有些尷尬，彷彿不知該如何開口似的猶豫著。

「焉怎？啊我們兩個在這裡吃飯、說話，有犯法嗎？」空卿故意用台灣國語質問他。

王永剛趕緊解釋：「當然沒有，大家都是好兄弟、好同胞，要和氣相處嘛！」

空卿用台灣國語諷刺說：「好兄弟都是孤魂野鬼啦！我們不歡迎。」

王永剛的笑容僵在臉上，還沒做出回應，他身後的一個警員忍不住插嘴罵說：

「我們所長是好意，你不要太囂張。」

博文不希望事情鬧大，趕緊開口打圓場：「我們真的只是來吃飯而已，沒有其他意思。」

王永剛誠懇的回說：「我想也是這樣，只是我的長官以為你們對他們有什麼不滿，怕有糾紛，才叫我過來瞭解一下。」

「這是他們的誤會，我們正好也吃飽要走了，就不讓你為難。」博文對王永剛說，給空卿一個眼色，順勢起身去結帳。

「陳少爺，感謝。」王永剛拱手說。

空卿瞪他們一眼，不情願的跟在博文身後走向門邊的結帳櫃台，他忿忿不滿的抗議著：

「咱也無做啥物毋對，是焉怎要走？我看是個做賊心虛才對，加看個一下就袂使得喔？框金句的嘛毋免驚人看。」

沙枯拉找錢給博文，用日語腔的國語小聲開玩笑：「在大人物面前頭要低低的，不能看他。」

沙枯拉裝出一副小媳婦面對婆婆的模樣，把兩人都逗笑了。

博文飯後轉往岳父開設的慈愛病院，千惠看見他來，很高興的招呼他：

「尼桑，你放假返來矣？」

「千惠愈來愈媠矣，敢有追求者？要我介紹我的同學予妳否？」博文笑說。

千惠害羞的笑著，還沒開口，護士阿昭已經搶著回答：

「當然嘛有追求者，常常收到情批喔！」

「啥物情批？你莫聽伊胡白講，姊夫若有較好的同學就介紹啊！」千惠賭氣故意答應博文的提議。

才說著，那個常為王永剛送信的孩子就跑進病院，直接把信放在掛號的櫃台上，轉身立刻跑走。

「批來矣！」阿昭笑著大聲說。

千惠懊惱的對博文說：「尼桑，你等一下欲返去會經過派出所，你敢會使得替我佮批送返去還伊。」

「還啥物人？」

「派出所的所長，叫做王永剛。」

聽見這個名字博文有些意外，因為剛剛才見過他，對他印象並不差，還算是彬彬有禮。

博文微笑著說：「這叫做窈窕淑女，君子好逑，妳若無佮意，莫睬伊就好矣，久來伊就會知難而退，佮批退還伊會予人尚無面子。」

「好啦！聽你的。」千惠嘟起嘴同意。

博文去岳父的診間問候，伯元露出笑容問：「哪有閒返來？」

「實習的病院輪休，學校拄好無課，所以返來休睏兩日矣。」博文站在岳父旁邊，順便見習他看診的情況。

「學校的日本教授攏遣送返去矣，原本些個台灣的助理教授，敢有升級起來？」伯元關心的問。

博文語氣沉重的回答：「會行得保牢工缺就算袂歹矣，有一寡行政職員因為袂曉國語，予學校開除，換隨個國民政府過來的人接任。」

「真正胡白來，今嘛時機赫爾歹，些個失業的人欲焉怎？」伯元氣憤的問。

「無法度啊！學生去抗議嘛無效。」

伯元先忙著看完兩個患者，才又接續剛才的話題說：「予這個政府繼續管理落去，台灣以後毋知會變焉怎？」

「我住的所在，茨主是在開雜貨店，聽伊在講，國民政府過來接收台灣，糖鹽菸酒逐項攏專賣，職務是靠關係安排毋是靠才能，造成社會愈來愈無公平。」

「真害！」伯元搖頭嘆氣。

博文在傍晚前回到家，世傳已經會走路，對外界的探索正充滿高度好奇，總是到處走動，千佳只好一直跟在他的身後。

「世傳，爸爸返來矣。」千佳看見博文入門，就對世傳說：「你叫爸爸咧，爸～爸～。」

「爸爸！」世傳笑著走向他。

博文高興的一把抱起他說：「世傳足敖欵，已經會曉叫爸爸。」

正在向神明敬茶、燒香的進丁告訴他：「伊毋單會叫爸爸，也會叫阿公矣。」

千佳在旁邊立刻教世傳說：「你叫阿～公～。」

「阿公。」世傳聽話的叫。

「你叫我啥？」千佳故意問他。

「媽媽。」

千佳很得意的親了世傳的臉頰，仰起臉笑著問博文：

「咱囝足乖的，對否？」

博文的心頭閃過阿春的身影，面對努力做個好母親的妻子，他知道自己必須設法遺忘。

六

一九四七年初，台灣光復後的第二個農曆年前，台灣人民已經從回歸祖國懷抱的美好憧憬徹底絕望。因為外省人壟斷權位，許多台灣人才無出頭的機會，由於官員貪污腐敗，導致政治黑暗、米糧外流，人民生活越加困苦，加上各地駐台國軍紀律敗壞，偷竊、耍賴、詐欺、恐嚇、調戲良家婦女、強姦搶劫等事件層出不窮，軍人開槍滋事案件屢見不鮮，民怨逐漸沸騰。

空卿每晚忙著在媽祖宮前開講，他買來幾份報紙，就著上面的新聞事件與社會評論，轉述給聚集在廟口的民眾聽，對於國民政府官員及軍隊的種種惡行，群情激憤。

「貿易局長于百溪私吞日本人留下的產物變賣，專賣局長任維鈞侵吞鴉片運去香港，上司在追查，就講去予白蟻食去，笑死人，自我生目睭發目眉，嘛毋捌聽過白蟻會食鴉片。」──空卿拿著《民報》的報導講述說。

「咱台灣人無米倘落鼎，竟然有接收官員將一船閣一船的白米運去日本換黃金，袋落去伊家己的衲袋仔內，國民政府接收台灣，設專賣局、貿易局將過去日本政府留落來的資產變賣，些個大官大家食佮油洗洗，咱連一碗泔糜仔倘啉就無，這種日子欲焉怎過？」空卿氣憤難抑的怒吼。

他掀開紙戲的戲箱，晝風一轉，開始說起鴨母王朱一貴的故事：

「大家應該聽過鴨母王朱一貴的故事，朱一貴因為不滿清朝派來治理台灣的官員貪污腐敗，藉徵糧為名欺壓百姓，所以佇崗山起義，聯合其他對官府不滿的反抗人士，攻下台灣府城，眾人擁立朱一貴為中興王。民以食為天，民心是焉怎會反？就是因為食袂飽，為著欲活落去，所以要反抗。」

「對！要反抗！」開始有人吶喊。

「要反抗！要反抗！」

反抗聲此起彼落，空卿眼裡泛著淚光，為了台灣的前途，真的要反抗啊！

嚴重的通貨膨脹讓民眾度日艱難，更別提過年，德隆發商號下的南北貨行生意明顯冷清很多，只有米店大排長龍，因為這裡的米價最便宜。

希望讓貧苦的人過年都有飯可吃，進丁叫春生想辦法盡量買米進來，並且以接近成本價販售，金火曾勸他：

「生理人會使得減趁，袂使得無趁，頭家你焉爾做生理會了錢啦！」

進丁不以為意的說：「這項無趁無要緊，別項趁來補就好，總是要予艱苦人會過日得。」

金火也不得不敬佩：「你的心肝真正有夠好。」

除夕前一天，進丁和金火巡視過其他店鋪的營業情況後，轉往米店關心，才到店面口就看見夥計正和客人起爭執。

「一樣都是人，為什麼他們都能買到米，卻不賣給我？」

金火認得他是派出所所長王永剛的父親王仁義，正和他爭執的是夥計阿成：

「因為米不夠啦！你們外省人有辦法，去找農會買啦！」

「我們也和大家一樣，都只是平凡的老百姓，這樣對待我們不公平。」王仁義冷靜的說。

站在王仁義旁邊的友人氣憤的對他說：「老哥，你兒子是警察主管，幹嘛對他們低聲下氣？叫你兒子來跟他們理論好了。」

阿成白目的回嘴：「叫誰來都沒用啦！毋賣無犯法，橫直恁這些外省人什麼都食，去食銅食鐵食阿鋁米啦！上好去食屎啦！」

阿成從國語講到台語，話越說越難聽。

進丁出面訓斥他：「阿成！做生理人，講兮啥物話？」

阿成委屈的申辯：「頭家，個外省人真正足可惡，咱莫賣個啦！」

進丁嚴肅的對他說：「做人做事攏要照規矩，咱開門做生理也無聲明毋賣外省人，哪會使得講毋賣就毋賣？」

王仁義雖然聽不懂台語，但是看著進丁和夥計兩人對話的表情也略猜一、二，便試著和進丁溝通說：

「老闆，政府讓你們失望我瞭解，但我們只是逃難過來的普通人，在台灣我們的日子過得比你們更辛苦，請不要把對政府的不滿發洩在我們身上。」

進丁點頭說：「失禮。」轉頭吩咐阿成：「佮米賣個，以後袂使得焉爾。」

王仁義和他的朋友拿到米，付了錢，向進丁道謝離開。

*

大年初一清早，朝天宮開廟門，許多人來搶頭香，空卿和博文也在人群中，看著一長串鞭炮擺在廟埕上，由主任委員拿香點燃導火線，循著導火線冒出火星，很快就引爆鞭炮，霹靂啪啦轟天響。

廟門一打開，民眾爭先恐後的往廟裡擠，空卿和博文卻不急著去搶頭香，反而慢慢的走到廟邊角落談話。

「最近咱地方上，本省人佮外省人的衝突愈來愈濟，大家已經忍無可忍，開始在反抗矣。」空卿告訴博文。

博文回答：「台北的情形也是焉爾。」

「坐車毋買車票，看戲毋買戲票，買物件毋提錢，看著物件就偷提，一寡歹規矩的，攏要受教訓。」空卿的眼裡冒著憤怒的火花。

「你想欲焉怎做？」博文問他。

「我按算欲組織一個維護地方安全的義勇隊，團結才有力量，咱袂使閣隨在些個外省人佇咱的頭殼頂放屎放尿。」

博文從大衣口袋掏出一包錢交給空卿：「我支持你，我出錢，恁出力，大家共同為台灣扑拼。」

空卿收下錢袋，與博文雙手緊緊交握，兩人眼神堅定的互望著，傳遞一股理想與信念。

一九四七年二月二十七日下午七點半，有專賣局查緝員六人會同警察大隊四名警察，在台北市的天馬茶房前查緝私菸，寡婦林江邁在茶房門口擺設攤子販賣香菸討生活，查緝員不但沒收林婦現場全部香菸，還包括身上所有現金，林婦跪地哀求，表示生活困難，請求最少歸還現金，否則全家人將會沒飯吃，查緝員不予理會，林婦緊抱大腿不放，查緝員不耐煩用手槍槍柄重擊林婦的頭部，當場昏倒血流滿面，引起在場圍觀民眾不滿，蜂擁而上四處喊打，六名查緝員立即棄車分頭逃逸，其中一位名叫傅學通者，逃到永樂町被路人抱住開槍亂射，子彈擊中在自家門前看熱鬧的市民陳文溪胸部，送醫隔天傷重不治，傅學通最後逃入永樂町派出所，再被轉送中山堂旁的警察總局。

此事很快引發群眾長期的不滿，數百人包圍警察總局要求懲兇，聽聞六名查緝員被送往憲兵隊看管，部分眾人於晚間九點多轉往憲兵隊要求交出兇手，憲兵團長張慕陶不正面回覆，且要求憲兵做出射擊姿勢以嚇阻群眾，雙方對峙交涉一直沒有結果，由於查緝私菸造成傷亡事件早已發生數起，民眾徹夜包圍警察總局與憲兵隊不肯散去。

二月二十八日上午九點，民眾沿街敲鑼通告罷市罷工，在街頭輪流演講，積怨已久的市民紛紛響應，大小商店即刻關門，許多人走上街頭觀看，民心憤慨，群情激昂。上午十點多，憤怒的市民衝入肇事查緝員所屬的專賣局台北分局痛毆職員，當場打死兩人，毆傷四人，搗毀辦公室，並將菸、酒、火柴、汽車等物搬到空地放火焚燒。十二點多又前往門戶緊閉的南門專賣總局搗毀器物洩憤。下午一點多，數千名群眾以鑼鼓為前導，前往行政長官公署請願，沿途高喊「槍決犯人」、「撤銷專賣局」的口號，人潮從延平北路的北門擠滿到台北火車站，群眾行進至中山路口，還未進到公署廣場前，公署樓上衛兵立即開槍掃射，造成許多人死傷，民眾恐慌奔逃，讓情勢更加惡化。

行政長官公署士兵對人民無差別射擊的行為，激怒更多台灣民眾失去理性，開始向一般無辜的外省民眾報復，到處搜尋外省人毆打洩憤，下午二時許，民眾聚集在中山公園開群眾大會，同時佔領公園裡面的台灣廣播電台，向全台灣廣播報導事件經過，呼籲所有台灣人起來反抗，各地很快響應抗爭。

添財因為被軍隊強迫交出稻穀的事，對國民政府官兵及外省人非常痛恨，但是當他看見徐長生一家人因為找不到可以居住的地方，求他把儲物倉庫借給他們時，又狠不下心拒絕。

徐長生和他太太年紀都已六、七十歲，雖然因為逃難奔波而顯得困頓疲乏，卻仍不失溫文儒雅的教養，帶著年輕的媳婦和兩個年幼的孫子，走進邱家大埕，對著正在埕尾卸一牛車甘蔗尾的添財問：

「請問主人在家嗎？」

添財停下來看著他，沒好氣的用台灣國語問：「什麼事？」

「我想問問家裡有沒有空房間，可以暫時租給我們一陣子。」徐長生客氣禮貌的詢問。

添財卻不客氣的回答：「沒有。」

徐長生看出他就是主人，誠懇的說明自己的處境：「老闆，我們一家人是來北港投靠朋友，沒想到朋友已經離開這裡，我們必須留下來等候我兒子來會合，所以拜託您租一個房間給我們好嗎？我們只是暫住一時，不會打擾太久。」

添財冷冷的回說：「你們去租旅社住啊！」

徐長生苦笑說：「旅社說客滿了。」

添財冷哼著告訴他：「人家一定是不租你們啦！你們外省人給人印象太壞。」

徐長生聽見這話也不生氣，反而一副抱歉的模樣說：「真是抱歉，國民政府官兵的風紀真的很差，我也感到很羞愧。」

聽見這種話出自外省人口中，添財有些意外的看著徐長生，接觸到他真誠仁厚的神情，再看看他們一家老的老，小的小，拒絕的話再也說不出口。

「可是只有一間倉庫可以讓你們借用，不好住。」添財只能簡單用國語表達。

「沒關係，沒關係，只要讓我們不必露宿街頭，我們就很感謝。」徐長生充滿感激的表示。

那間當做倉庫用的空間比一個房間大兩倍，有一半用木板釘出統鋪，主要是在預防儲存的物品不會因為淹水受潮，整理一下正好可以給徐長生一家人暫住。

他帶他們去看倉庫空間：「你們自己看，可以住再說。」

徐長生看著雖然簡陋，但勉強可以居住的地方，客氣詢問：

「請問租金要算多少？」

添財用勉為其難的語氣回說：「隨便你拿啦！趕快搬走就好。」

這是農曆過年前一個月的事，徐長生一家老小就這樣在邱家住了下來，添財吩咐金枝盡量給他們方便，把多餘的桌椅和炭爐、鍋碗瓢盆都借他們使用，金枝不免抱怨：

「你是在夯枷毋才焉爾？掠一隻蟲來尻倉撓。」

添財無奈嘆氣說：「當作在做善事積公德啦！」

租住在邱家的徐長生一家老小，為了盡量避免造成他們的麻煩，借用浴間都選在午後邱家人不使用的時段，每次借用也會不斷表達他們的歉意與感激：

「不好意思，打擾了！」這是他們最常說的一句話。

「沒要緊，沒要緊。」添財和金枝總是用台式國語回答。

自從他們住下後，添財和金枝藉著與他們的對話，國語越來越進步。徐家的孫子一個七歲，一個五歲，一歲半的玉蘭已經很會走路，金枝一個不注意她就往外走，孩子就是愛找玩伴，幾次金枝發現她都站在徐家的兩個孫子旁邊，安靜的看著他們背誦唐詩，徐家婆媳則在一旁縫衣服。

「妳們在做衫哦？過年要穿新衫。」金枝用彆腳的國語說。

徐老太太微笑回答：「不是自己要穿，做好了要拿出去寄賣。」

「沒給孫子做新衫？」

「這種時局，能一家平安，有碗飯吃，就是天大的福氣了。」徐老太太像故意說給媳婦聽似，深深看了媳婦一眼。

金枝順著她的眼光看過去，只見她媳婦低垂著頭，一滴滴眼淚掉落在布料上，她吃驚的問發：

「唉喲！哪會在哭？」

徐老太太嘆口氣說：「我兒子要我們來台灣等他，說他會調來嘉義，我們有留訊息跟他說來北港投靠朋友，我先生每天都去朋友住過的地方查看他有沒有找來，可是一直都沒有消息。」

金枝大略聽懂徐老太太的話意，安慰她們說：「沒消息就是好消息啦！像我兒子被調去南洋戰爭，送回來的是一甕骨頭灰。」說著眼淚就浮上眼眶。

本想安慰徐家媳婦，結果卻反而惹她哭得更傷心，金枝抱起玉蘭，默默轉身離開。

雖然物價飛漲，邱家自己有養豬與雞，還有私藏一些稻穀，平日儉省著度日，過年要祭祀拜拜也並未受到太大影響。

徐家是出外人，遠從中國上海來到台灣北港這個鄉鎮，靠變賣一些細軟和縫製旗袍販售，勉強維持生計，但物價實在上漲太快，想給孫子過年吃好一些，徐長生只好拿著一塊金鎖片，困窘的去跟添財商量說：

「邱老闆，要過年了，我能不能用這個跟您換些白米和雞肉？」

添財放下抽了一半的菸斗，看著他手裡的金鎖片沉思。

徐長生訥訥解釋：「如果我拿去銀樓換現金，再拿現金去買食物，根本買不到多少東西，現在市面上的物價實在太亂了，而且有的台灣人也不肯賣給我們。」

「這個好像是你孫子做度晬的金子。」添財神情嚴肅的說。

「是啊！為了生活，這也是沒辦法的事。」徐長生語氣沉重的回答。

「我不要這個啦！」添財對他說。

「對不起！我太冒昧了。」徐長生羞愧得漲紅臉，有些不知所措。

添財知道他誤會了，趕緊說：「不是啦！我是說你不用拿這個來換啦！」

「您的意思是……？」

「我們過年要訂做新衫，用抵的啦！」

就這樣添財做了一套有四個口袋的國民服和長褲，金枝做了一件貴夫人般的旗袍，也給玉蘭做一套喜氣洋洋的棉襖衣褲，給徐家幾斗白米和兩隻雞，讓他們可以過個好年。

因此這年除夕圍爐吃飯，添財便穿著這套國民服上桌，吃飯的時候萬成直偷笑，添財發現後沒好氣的問他：

「你是在笑啥洨？」

萬成忍著笑回答：「個些個外省貪官穿這款衫，四個衲袋仔現現紩佇頭前，就是欲予人袋錢的，你也無做官，是欲袋啥？」

添財瞪著萬成，大聲罵說：「袋屎啦！」

話一出口，旁邊那桌長工都笑出聲，金枝不由得也笑罵：

「過年過節，飯桌頂莫講赫爾無衛生的話好否？」

添財是因為對那些外省貪官很憤慨才這樣說，自己也覺得好笑，便重新修正：

「我毋是講我，是叫些個外省貪官衲袋仔去袋屎啦！」

金枝狠狠瞪他：「你閣講彼字？癩潯鬼！」

初一早上，吃過早飯後，添財就騎著腳踏車，載金枝和玉蘭去進丁家拜年，三人都穿著新製的衣裳，進丁看著眼熟，問他們說：

「恁這衫褲是去佗位做的？」

添財回答：「是來佮阮租茨的人做的。」

「你也會佮茨租人？」進丁有些意外。

添財便說起徐長生一家來租房間的經過給進丁聽，結論是：

「所以外省人也是有分好人佮歹人。」

進丁試問：「佮恁租茨的人敢是姓徐？」

「你哪會知？」添財訝然反問。

「因為阮的布店固定有一位姓徐的老先生，會提做好的衫褲來寄賣，彼個人有夠斯文客氣，看起來佇中國應該也是大戶人家出身。」進丁猜測說。

「應該無毋對啦！想起來個比咱較可憐，會使講是有路無茨，過去咱的祖先千里迢迢，唐山過台灣黑水溝，六死三留一回頭，到咱這代已經佇這落地生根，有一個基礎留予咱，個今嘛才逃難來台灣，人地生疏，時機閣這爾歹，欲過日子嘛足困難。」添財同情的說。

千佳帶世傳出來向添財和金枝拜年，雙方互給孩子紅包，金枝問她：

「哪會無看著博文？」

進丁代替回答：「佮空卿約好，講透早欲去廟裡搶頭香。」

添財擔憂著說：「最近這個空卿佇地方上名聲愈來愈大，專門在批評政府，博文是毋倘閣受到牽連。」

進丁不以為意的說：「博文大部分的時間攏佇台北，返來才做夥一下耳耳，袂有啥物牽連啦！講著空卿批評政府的代誌，我感覺伊真正值得咱佩服，少年人會當勇敢徛出來為台灣出聲，咱要佮伊支持才對。」

「你宛若有去聽伊的演說呴？」添財笑著問。

「你也有去對否？」進丁也問他。

「台灣人袂使予人繼續糟蹋落去閣毋出聲。」添財說了一句語重心長的話。

三月一日晌午，添財載一牛車番薯回來，兩個長工忙著將番薯堆在屋簷下，兩個女工快手快腳的把洗淨的番薯搓簽，房客徐家婆媳也主動來幫忙鋪曬番薯簽。

「救命啊！救命啊！」徐長生驚慌的呼喊著，從外頭奔跑進埕院裡來。

添財抬頭看見幾個拿長棍的年輕人，在徐長生身後呼喝著要追打他，添財毫不猶豫的挺身向前，攔住那些人喝問：

「恁焉爾是在創啥？」

領頭者是天香閣酒家的阿明，他是萬成的同學，也是隔壁鄰居，添財對他很熟識。

阿明客氣的對添財說：「伯啊！你敢知也個這些外省人有偌可惡？自個來接收台灣了後，會使講是食台灣夠夠，前兩工台北發生的天馬茶房事件，已經予全台灣人攏忍無可忍矣！咱一定要向外省人報復才會行得。」

添財冷靜的告訴阿明：「毋是所有的外省人攏是歹人，就親像台灣人也是有偷搶拐騙的不良分子，恁若焉爾無分好歹就亂扑人，佮流氓有啥物無相同？」

「伯啊！你是焉怎欲維護伊？」阿明疑惑的問。

「個來住佇我這，我就有義務要照顧個。」添財說得很肯定。

阿明看他無意退讓，也不想得罪他，便開口說：「好，今仔日予伯仔一個面子，你叫伊上好莫出門，若無恐驚會予人扑死。」

眾人離去後，徐長生才驚魂甫定的告訴添財：「我只是去電信局打電報，他們一大群人衝進來就一陣亂打，把桌椅都打壞，每個人都抓起來問是不是外省人？沒有用台語回答的，就會挨打，幸好我逃得快，結果在路口又遇到這幾個人，真的太可怕了！」

徐家婆媳一再向添財道謝，添財勸徐長生說：「最近你還是別出門了，昨天才聽說派出所的副所長被人打斷兩隻髕仔骨。」

徐老太太驚惶的問說：「派出所的副所長也敢打？這樣不是要造反了嗎？」

添財語氣沉重的說：「就算是造反，也是你們那些外省貪官逼的，那個副所長平時常仗勢欺人，沒被打死算他好狗命。」

徐長生發出一聲長嘆，眼神充滿憂慮的看著一家老小，兩個孫子正無憂無慮的在屋裡和玉蘭玩耍。

當天午後，進丁請添財駕駛牛車，幫忙運送十幾布袋的鈔票去銀行存款，金火派兩個夥計隨行押車，添財把牛車停在銀行門口，自己先大咧咧的走進銀行大門，朝他熟識的女行員櫃台走去，大著嗓門開玩笑說：

「自我食佮這爾濟歲，頭一擺駛牛車載錢。」

女行員苦笑說：「阮攏嘛算錢算佮手糾筋。」

派出所所長王永剛的父親王仁義也在另一個櫃台等著領錢，看見進丁走進銀行，主動打招呼：

「陳老闆，您來銀行存款？」

進丁點頭微笑答說：「是啊！錢太多了！」

話才說完，突然衝進來一群人，個個手拿棍棒、大錘對著櫃台猛烈搥打，蓄意破壞，女行員們尖叫奔逃，門口的憲兵剛要舉槍立刻被打趴在地上，連槍枝也被搶走。

進丁、添財和兩名夥計閃避到角落，王仁義機警的與他們緊靠在一起不敢出聲。

銀行經理不知死活的嚷著：「你們想幹什麼？要搶劫嗎？」

「彼隻外省豬，佮扑予死！」有人憤怒大喊。

銀行經理見情況不對想逃走，立刻有人跳入櫃台裡面，堵住他的去路，一棒打中他的頭頂，鮮血噴濺出來，血流滿面的情景十分嚇人。王仁義想出面去制止，進丁暗中拉住他的手臂，搖頭示意他不要輕舉妄動。

進丁與添財兩人在地方上人人熟識，所以那群人沒有對他們動手，在場的台灣行員奔逃時都用台語聲明：

「我是台灣人啦！我是台灣人！」

台灣行員逃走，剩下的男性外省行員都被打得哀嚎不已，最後添財實在不忍心再看下去，拉開他的大嗓門嘶吼：

「好矣啦！莫閣扑矣！會扑死人啦！恁毋驚以後死了會有報應？」

也許是添財的話起了嚇阻作用，那群人隨即收手離去，進丁告訴添財：

「我留落來幫忙處理這的代誌，你駛牛車送王老先生返去較安全。」怕王仁義聽不懂，又用簡單的國語說：「他會送你回去。」

王仁義感激的說：「感謝兩位老闆的救命之恩。」

他的眼裡有著驚恐與憂慮，躲過共產黨的清算鬥爭來到台灣，想不到會因為國民政府的貪污腐敗，又將掀起血腥抗爭。

七

二月二十七日晚間台北天馬茶房門前發生的查緝私菸，不當行使公權力造成傷亡事件，如同燎原之火，熊熊引燃台灣人累積心中多時的不滿，從二十八日上午開始延燒，原來只想藉機抗爭討回公道的民眾，竟然遭到行政長官公署衛兵的射擊濫殺，讓人民的怒火再也無法止息，透過台灣廣播電台的傳播，全台各地民眾群起響應，對貪污腐敗的公家機關及外省官員展開報復，雙方衝突越演越烈，死傷無數。

在社會情勢混亂之際，許多地方士紳和民意代表出面與政府交涉，提出改革要求，行政長官陳儀卻玩起兩面手法，先在三月一日下午五點於台灣廣播電台首次發表談話，允諾同意參議員與政府合組處理委員會處理相關事宜，並解除戒嚴，被捕民眾可由鄰里長具保釋放，但禁止民眾集會遊行。三月二日下午首度在台北中山堂召開二二八事件處理委員會，決議採納政治建設協會代表的建言，讓各縣市參議員和國大代表，以及各商會、工會、學生、民眾、都可參與，強化委員會組織，陳儀公布四點處理辦法，表面承諾將採寬大方式處理，暗中卻電請中央調派第二一師與憲兵營增援。三日、四日兩天，處理委員會推派代表到行政長官公署溝通，要求軍隊撤回軍營，治安由憲警和治安服務隊維持。處理委員會並決議通知全台十七個縣市組織處理委員會分會，由地方分會處理當地所發生之事件，並推派代表參加台北市二二八事件處理委員會。

行政長官陳儀自日本總督手中接收台灣以來，不但集行政、立法、司法三權於一身，還身兼軍事大權，完全可以一手遮天，長官公署祕書長葛敬恩、民政處長周一鶚、財政處長嚴家淦、工礦處長包可永等四位隨他來台的舊部屬，即是被台灣人民團體指責為陳儀周遭貪官污吏之「四兇」，所有造成台灣民不聊生的腐敗源頭即是陳儀本人，要求貪官首領去徹查貪污懲惡，並相信他的謊言的二二八處理委員會代表實在過於天真。早在二月二十八日當晚，陳儀即面見警備總部所屬的許德輝，准其創立忠義服務隊應急制變，由情治單位吸收全台黑道流氓，趁亂進行燒殺擄掠的反間工作，蓄意挑唆對外省人的仇恨心理，率眾燒毀外省人的商店、毆打外省人，一方面造成民眾對二二八處理委員會的懷疑，一方面製造中央派兵鎮壓的藉口，陳儀通盤計劃只是假意談判拖延時間，實則早已擬定全面撲殺的戰術。

因為二二八事件引發的省籍衝突，北港雖然不是大城鎮，還是有許多傷患被送到慈愛病院救治，官兵的囂張氣焰確實令人不齒，受波及的無辜外省民眾卻令人同情。

對情勢深感憂心的伯元，以長輩身分約空卿到家裡談話，千惠和承杰也坐在旁邊參與，美慈為他們送上熱茶後，伯元開門見山的對他說：

「你佇媽祖宮廟口的演說我有去聽過，講了真好，台灣人是需要覺醒無毋對，咱對不公不義的代誌要勇敢抗爭，毋閣像焉爾向無辜的人報復，敢是一個有道德的人應該做的代誌？」

面對伯元嚴肅的質問，空卿露出無奈的表情說明：「阿伯，我是有鼓舞大家團結起來支持抗爭，並無叫人看著外省人就扑，代誌會演變佮目前這款無法度收拾的場面，我嘛感覺足意外。」

「這敢毋是國民政府來接收台灣了後，長期欺壓咱台灣人的結果？」美慈接口說。

「話雖然是焉爾講，但是咱百姓佇日本政府統治之下，已經養成安分守己的習慣，也足有法律觀念，會焉爾無法無天去傷害無辜的人，我猶是感覺足奇怪。」伯元思慮著說。

「只要有人撮頭，什麼代誌嘛敢做，阮學校就是焉爾。」承杰插了一句話。

美慈大驚，責問承杰：「你這些學生毋好好讀冊，也在參加抗爭呢？」

承杰坦白說：「今嘛學校哪有法度正常讀冊？雖然阮猶是學生，佇這種情勢之下，嘛希望會當為台灣盡一份力量啊！」

「恁佇學校到底攏在做啥代誌？」美慈緊張的追問。

「好矣，這陣莫講這。」伯元制止這個話題，凝視著空卿問：「你今嘛有啥物扑算，欲放予人繼續亂落去？」

空卿語氣沉重卻堅定的說：「佇演說的時陣，我會盡量叫大家毋倘傷害無辜的人，其他該做的，猶是要做。」

「啥物是該做的？」伯元正色問。

「今嘛台中市已經召開市民大會，推舉謝雪紅為市民大會主席，並且成立台中地區治安委員作戰本部，包圍警察局佮縣長劉存忠的住所，嘉義市的民眾佮學生也組織起來，包圍市長孫志俊的公館，接收嘉義市警察局佮市政府等機關，我會鼓舞大家去加入這些較有規模的組織，大家做夥為台灣的前途扑拚。」空卿詳細說明。

「阮虎尾高中的學生佮當地青年以及民眾，也有去接收區署佮警察所，組成武裝部隊進攻虎尾機場，連台中、竹山、斗南的民軍也來支援，目前猶在戰鬥當中。」承杰也興奮的說著。

千惠驚訝的問他：「你哪會知？」

承杰自知說溜嘴，困窘的抓著小平頭說：「因為同學相招想欲加入，我猶在考慮。」

美慈立刻板起臉來訓斥他：「抗爭的代誌予大人去做就好，恁囝仔人去參加啥物抗爭？」

「阮已經毋是囝仔矣。」承杰小聲抗辯，從小父母對他的教養，讓他還是不敢造次。

「希望你會當幫忙維持北港鎮上的安寧，盡量莫傷害無辜的人。」伯元以這個要求做為談話的結論。

空卿點頭答應：「我會佇演說的時陣，特別強調這點。」

空卿離開後，美慈立刻警告承杰說：「你袂使去參加兮虎尾機場的戰鬥喔！我毋准。」

承杰看看父親，又看看母親，欲言又止，最後才鼓起勇氣說：

「大家若攏驚死，台灣就要繼續予人欺壓。」

美慈用眼神示意丈夫說話，伯元卻神情凝重的沉默著，她只好繼續阻止承杰去參加抗爭隊伍。

「別人欲焉怎我不管，你是我的囝，猶這少歲，我袂當予你去冒險。」她用尖銳的語氣對兒子說。

「若想欲要台灣人以後有好日子倘過，咱敢會當這爾自私？」承杰難得說出這麼嚴肅的話，讓美慈有些下不了台。

「我講不准就不准，自明仔在開始，你毋准出門去學校，橫直恁今嘛也無在讀冊。」美慈索性專橫的說。

「卡將！妳哪會使得焉爾無講道理？」承杰傷心的怒吼，轉頭看著滿面愁容的父親，希望父親能說出支持的話，結果只聽到他的嘆息。「我想袂到我的序大人猶是這爾自私的人，恁予我足失望的。」承杰留下這句話，走進他的房間用力關上門。

「我去佮伊講。」千惠對父母說，走向承杰房間。

承杰坐在書桌前流淚，他的桌上放了許多讀過的日文書，新編的國語課本也整齊的擺在桌上，千惠能明白他內心的沉重，但還是溫柔的勸他：

「每一對父母攏是平凡的人，知也囝欲去冒生命的危險攏會毋甘心疼，連我做你的阿姊，也會替你煩惱，莫講是自細漢佮你惜命命的卡將。」

承杰哭著說：「我已經大漢矣，有我家己的想法，可是卡將猶閣將我當作囝仔看待。」

千惠摸著他的頭，用關愛的眼神看著他說：「這世人無論你食到幾歲，佇父母的心目中，你永遠攏是囝仔。」

為了保護兒子的生命安全，不讓他去冒險，美慈等於軟禁承杰，不許他再踏出家門一步。

值此敏感的時局，卻傳來乃木太郎醫生離開台灣前過戶登記給他，委託他代為保管的住宅遭鎮長的親戚侵佔，明明門窗皆上鎖，他特別在門口掛上一塊木牌，寫著「私人產業，請勿擅入」，還是被撬開破壞，強行搬入居住。

他帶著房地契前往交涉，鎮長的親戚是一位年約五十上下的男人，在鎮公所上班，他裝出一副事不關己的模樣說：

「我大哥說這是日本人留下來的，可以分配給我當宿舍。」

伯元揚揚手裡的文件，耐著性子溫和的說：「這不是日本人的，是我的房子，請你搬出去。」

「要不要搬出去，得我大哥說了算。」那男人露出狡獪的神情回答。

伯元忍住怒氣，冷冷的告訴他：「我會去找鎮長說。」

隔天早上，他把病院的門診交給另一位醫生，親自去鎮公所理論，門口站了兩名持槍的衛兵，伯元遞上他的名帖，祕書出來帶他去見鎮長，年近六十歲的鎮長身形矮胖，瞇著細長的眼睛聽他把話說完，露出一個虛偽的笑容，不急不徐的拿給他一份文件，上面蓋著大大的鎮公所官印，寫著「非常時期，需徵用民宅供公務人員使用，敬請配合。」

伯元氣得差點窒息，咬著牙問：「只有這樣？房子是我的，你們要徵用，至少要付租金吧？」

「很抱歉，目前國庫資金不足，您就共體時艱一下，等以後時局穩定，我再為您爭取。」鎮長老奸巨猾的說。

伯元知道遇上無賴，說什麼都是多餘的，抓著那張公文，步伐沉重的走出鎮公所。

三月四日，二二八處理委員會成員蔣渭川、王添灯、廖進平等人在與行政長官公署談判中，認為不該只是處理衝突，更希望能展開台灣省全面的政治改革。三月六日，處理委員會開會選出常務委員林獻堂、王添灯、陳逸松、黃朝琴、李萬居、連震東、林連宗、黃國書等十七人，同時發表「告全國同胞書」，表示將朝政治改革訴求發展，陳儀擔心軍隊調派的事曝光，透過廣播表示願意接受處理委員會的改革方案。三月七日，因先前改革方案過於籠統，王添灯向處理委員會提出「三十二條處理大綱」，當日下午由黃朝琴、王添灯、吳國信等人將處理大綱面交陳儀，遭到得知援軍將抵達的陳儀拒絕。

因為在三月六日當天，陳儀又再度向國民政府的最高統帥蔣中正主席表示軍隊兵力不足，要求調派二個師的兵力增援，主張部隊駐台後再派官員探視，而當日台灣省全體參政員亦緊急上電蔣主席，重申光復以來長官公署嚴重行政缺失，積成民怨才爆發二二八衝突，籲請速派大員來台協同處理，勿用武力彈壓，以免事態擴大。蔣渭川因多次進出長官公署與陳儀商討解決方法，得知陳儀已向中央請兵來台鎮壓，緊急以「台灣省政治建設協會」名義發出電文，委託台北美國領事館轉南京美國大使館，轉致蔣主席懇求勿派兵來台，以免再刺激民心，期望獲得蔣主席信任，蔣中正卻反而電告陳儀此事，說他視為「反動份子在外國領事館製造恐怖所演成」，將置之不理。

蔣主席無視台灣各界的請求，只憑軍統局、中統局等駐台單位報告，選擇接受陳儀和情治單位的建議，將事件視為暴民組織的叛亂，派遣整編第二十一師約七千名兵力，加上憲兵第四團與附屬部隊，於三月六日出發前往台灣，在三月八日午後陸續抵達基隆港，另有三千名兵力自高雄港登陸，軍隊接受的命令為「強勢武力鎮壓動亂」，所以未靠岸前便以機槍掃射，當晚基隆市宣布戒嚴，部隊四處搜捕民眾，主力向台北推進，沿途朝人群密集掃射，血流成河。

三月八日下午，正在醫院實習的博文，看著不斷被送入醫院的傷患，彷彿又跌入在菲律賓戰場的那段殘酷日子，從彈孔汩流的鮮血，痛徹心扉的哀嚎，死亡的沉重氣息令人喘不過氣，最悲慘的是除了已經失去生命訊息的驅體外，那些擠在急診處等待救治的民眾，又不斷被拿槍的士兵拖出戶外槍決，然後被卡車運走。

他深刻的瞭解到這是一場完全無勝算的抗爭，因為雙方實力相差太懸殊，拿棍棒的如何打得過拿槍彈的？想要政治改革，受到公平對待的台灣人民，無異人家刀俎下的魚肉，終須任人宰割。

博文開始掛念起空卿和北港的家人，不知道他們是否曉得要躲避鋒頭？深夜時分，他騎著平日往返學校與醫院的摩托車，精疲力盡的回到住處，在一樓開雜貨店的房東阿伯坐在黑暗處，等他一入門，立刻壓低聲音急切的交代：

「莫開電火。」

「阿伯猶袂去睏？」伯文小聲問說。

「今暗應該無人睏會去。」阿伯沉痛的回答。

「你今仔日佇病院，敢有看著啥物情形？」阿伯關心探聽。

「足慘！」博文把醫院發生的事說給阿伯聽。

阿伯惶恐的說：「個些個人心肝足雄，無血無目屎，看著人就刣，若魔鬼咧，個是欲來消滅台灣人的，咱台灣以後會變焉怎？咱台灣人欲焉怎？」他低聲嗚咽。

博文再也無法壓抑心中對家鄉親人的擔憂與牽掛，他決定趁深夜暫時恢復平靜之際，趕回北港守護家人。

「阿伯，我要返去北港幾日矣。」

「這個時陣尚危險，上好攏莫出門，你若煩惱厝裡的人，敲電話猶是扑電報就好。」阿伯勸阻他。

「攏袂通矣，我想，趁俗這陣收兵，較恬靜的時間，我騎歐都拜趕返去應該會行得。」博文執意說。

阿伯只好叮嚀說：「爲爾你就毋倘開歐都拜的電火，盡量行小路。」

博文回房間簡單收拾一下重要物品，放進一個帆布書包裡，在阿伯憂慮的眼神目送下，跨上停在騎樓下的機車，很快沒入暗夜中。

*

阿春蹲在大灶前起灶火，架好較粗的枯柴，再擺上細樹枝，最後劃了一根番仔火引燃草茵放在頂端，拿起長竹管用力對著灶口裡的柴堆吹氣，臉頰漲紅鼓起的連吹數口氣後，一不留神，讓灶口竄出的白煙熏到眼睛，淚水直流的用衣袖擦眼睛。

灶火升起後，她先放水入鍋，洗少許米加幾把番藷簽煮稀飯，土水已經起床餵牛，圓仔走入灶間幫忙加水進另一邊專燒熱水的大鍋裡，邊嘆氣說：

「最近聽講台北發生暴亂的事件，昨暝毋知焉怎睏攏袂好勢。」

「咱佇庄跤一家人攏真平安，妳免煩惱啦！」阿春用平常的語氣回答。

其實她昨晚也睡不好，自從聽到二二八事件爆發以來，她沒有一天不擔心博文的安危，還拜託弟弟利用去北港賣水蛙和鱔魚等野物之時，順便去陳家暗中查探一下。

摩托車騎入埕裡時天還未亮，突如其來的車聲讓蔡家每個人都有些緊張，阿春和圓仔站在灶間門口張望，看見來的人是博文，阿春壓抑住內心的激動，回到灶邊看著已經快煮好的地瓜簽稀飯。

「陳少爺，這個時陣，你哪會來？」土水驚訝的問。

「我半暝按台北趕返來的。」

「先入來坐再講。」土水知道一定是有要緊事發生。

他領著博文朝客廳走，有義和阿彩也聞聲起來查看，除了阿春外，全部的人都聚在客廳。

博文在籐椅坐下來時，一副疲憊的模樣，雙肩下垂，滿面風塵。

「發生啥物代誌？」土水嚴肅的問，倒了一碗水給他。

博文口渴喝下一碗水後，才語氣沉重的開口說：「政府按中國派兵過來台灣鎮壓，北部自昨下晡開始已經死足濟人，全台灣恐驚攏會面臨一場大災難。」他的眼神中難掩對這場災難的恐懼。

「人是攏焉怎死的？」阿彩好奇追問。

博文又再講述一遍昨天親眼所見的殘酷情景，講到激動處不禁緊握拳頭，眼泛淚光。

阿春端進來一盆熱水，默默放在飯桌的椅子上，擰乾布巾讓他擦臉。

博文雙手捧著濕熱的布巾，低垂下頭，把臉深深埋在裡面，久久不語。

「你透暝騎車落來，一定足忝的。」土水感同身受的看著他。

博文擦過臉，把洗面巾遞還給阿春，有氣無力的說：「自昨無閒一日，闍規暝無睏騎遠途的車，確實足忝的。」

圓仔細心看著他，提議說：「我看你身體已經強欲袂堪得，先食飽早頓，休睏一下仔，等天光再返去北港好否？」

博文真的是又累又餓，不推辭的點頭，阿春和圓仔很快張羅好早飯，土水和有義陪同用餐，才匆匆扒光一碗地瓜簽稀飯，博文便放下碗筷說：

「失禮，我需要先休睏一下再趕路。」

「好。」

土水還來不及告訴他，請他去睡他和圓仔的臥房，博文已經自然走向阿春房間裡去。

一直在客廳角落湊熱鬧的阿彩，張目結舌的看著他走進右手大嫂臥房的背影，阿春從灶間端著一盤剛炒好的菜豆走入客廳，不見博文，訝異的問：

「伊人咧？」

阿彩搶著告訴她：「伊去妳的房間休睏矣。」

阿春頓時尷尬的臉紅了，放下菜豆說：「我入去看覓。」

在阿彩的注視下，阿春匆匆步入蓋著布簾的臥房門裡去，只聽見阿彩在外面小聲問說：

「阿嫂佮伊是啥物關係？」

有義不耐煩的回說：「沒妳的代誌啦！問赫濟欲創啥？」

阿春走到床沿，才一下工夫，精疲力盡的博文已經躺在永隆身邊睡著，埋在心中深深的思念，讓她再也顧不得旁人的眼光，她在床沿坐下來，注視著他在睡夢當中仍無法放鬆的面容，曾經親吻過她身體的寬厚嘴唇緊抿，高挺的鼻樑發出深沉的呼吸，兩道濃黑修長的眉毛眉頭微皺著，彷彿還放心不下似的。

她伸出手輕輕的摸著他的臉龐，用拇指指腹撫平他的不安，他是因為擔心她，所以才必須趕來通知他們嗎？她默默流淚的看著眼前這個她無法接受的男人，把這份愛藏放在心中。

博文一覺醒來看看手錶，已經上午九點多，他揹起隨身的書包走出房間，站在客廳門口朝外望去，圓仔正在土埕上曬菜脯，永隆在屋簷下玩一顆彈珠，看見他立刻高興的叫了一聲：「阿叔！」

博文踏出門檻，蹲下來摸摸他的頭，微笑著對他說：「永隆愈來愈大漢矣。」

圓仔走過來，關心詢問：「睏有飽否？」

博文回答：「休睏焉爾已經有夠矣，阿姑，我欲返去北港矣，恁要家己較提防咧。」

聽見博文照以前來榕樹王庄小住時那般稱呼她，圓仔心頭一熱，叮嚀他說：

「路上一定要較小心細膩咧。」

博文點頭，回首張望了一下問：「阿春呢？」

「伊去後壁豬椆飼彼隻豬哥。」

「我去佮伊相辭一下。」博文說，朝竹管茨後方的豬椆走。

阿春正在沖水洗豬椆，聽見他的叫喚，停下來與他四目相對，所有的情感都無法掩藏的從眼神流洩出來。

「我欲返去北港矣。」他語氣低沉的告訴她。

她故作鎮定的回答：「要較細膩咧！」

他凝視她片刻，將她攬入懷中，緊緊的擁抱。

阿春沒有抗拒，也沒有回應，只是靜靜的感受著他對她的愛意，並且默默的回應他的愛。

博文騎著機車回到北港，他先去醫院見岳父說明北部的情況，伯元滿面憂慮的說：

「若是焉爾，台灣會足悽慘，咱普通百姓的抗爭，哪抵擋會過軍隊槍枝的掃射？」

「所以我一定要返來通知空卿，毋好閣想欲集中民眾做無作用的抵抗，兮是加犠牲的耳耳，多桑，你要特別小心提防，若是有看著軍隊來，猶是有聽著軍隊的槍聲，就趕緊關門閂戶毗起來，毋倘隨便開門，個些個軍人實在太心狠手辣，恁猶是先保護加己要緊。」博文仔細交代。

博文離開之後，伯元思考片刻，隨即走到候診區，對著一些等候看病的民眾宣傳這件事：

「國民政府已經按中國派兵來台灣，個的手段殘忍，自昨昏開始用武力鎮壓，北部死傷無數，請恁趕緊返去佮大家講這個消息，最近盡量留佇茨裡莫出來。」

伯元話一說完，民眾全都一陣恐慌，紛紛離開醫院去傳布消息，他也向醫護人員宣布暫時停業三天，靜待時局變化。

博文離開慈愛病院後轉往空卿家裡去，他的母親說他早上就出門了。

「是去上班寄藥包嗎？」

「毋是，最近無頭路矣，因為有政府官員去佮公司施壓，講伊搧動民眾反對政府，所以公司毋敢倩伊。」空卿的母親無奈的說。

博文將北部的情況說給她聽，請她轉告空卿，務必與他連絡。

隨後他找到父親與金火舅，他們瞭解事態嚴重後，便召集伙計除了關上自家商店的門，也盡量去通知其他商家與親友，希望不要受到這波動亂的傷害。

博文回到家，把機車停在院子裡，千佳牽著世傳的手站在廳門口等候他，他走到他們母子面前，蹲下來微笑看著世傳，千佳催促孩子說：

「你無叫阿爸。」

世傳忸怩片刻才叫：「阿爸。」

「你無較接返來，囝仔攏會生份。」千佳笑說。

「我是阿爸呢！我是阿爸呢！」他一把抱起他，猛親著孩子的臉頰和頸窩，讓世傳發出一連串開心的笑聲。

他們一起走回房間，千佳有些疑惑的問：「你哪會雄雄返來？赫爾遠猶無坐車？」

博文大略把情勢說給她聽，千佳驚恐的說：「這爾危險，你閣透暝騎車返來？」

「大難臨頭，我無論如何攏要返來通知大家。」博文語氣沉重的回說。

「你一定足忝的，我叫阿菊攢燒水予你洗身軀。」千佳說，又走出房間。

博文把世傳放坐在床沿上，捧著他的臉慈愛的凝視，孩子越長大，五官就越透出阿春的影子，教他如何忘記她？博文不禁露出一抹苦笑。

千佳為他準備一套乾淨的襯衫與長褲，讓他舒適的洗了一個熱水澡，進丁也回到家準備吃午飯。

在飯桌上，進丁擔心的問他：「你無請假就走返來，病院的實習佮學校的課程欲焉怎？」

「過兩日我猶是要返去台北，袂使得曠課尚久。」博文思索著說。

「敢袂使得暫時先請假一陣仔？」進丁建議。

博文搖頭：「我臨時離開已經是特別的情形，若欲請假等於要辦休學。」

「這個政府有夠害，完全無照顧咱台灣百姓，也欲食，也欲掠，今嘛閣欲刣，無天無良。」進丁埋怨著。

博文故意消遣父親：「恁這輩的老大人，一開始毋是猶在歡喜台灣光復，歡迎祖國同胞？」

進丁嘆氣說：「誰知也來的會是一群虎狼豹彪，像欲佮台灣拆食落腹同款。」

飯後博文和父親喝了一會兒茶，由於睡眠不足感覺有些疲累，便回房午休。

千佳躺在他的身旁，靜靜的看著沉睡中的丈夫，感覺心中的愛是如此濃烈，他們從小訂親，兩家人往來密切，從懂事以來她就以他為天，除了就讀同一所小學外，兩人也一起在漢學堂讀書習字與繪畫，直到高中後他才轉學油畫，興趣相投讓兩人的情感維持穩定發展，雖然當中曾因為她生病的事，她的父母主動提議要取消婚約，是博文的深情堅持守護住兩人的緣分。之前借腹生子的事讓他們的婚姻面臨考驗，她無法確定丈夫是否已經放下對阿春的眷戀，但因為對丈夫的愛，她願意放下尊嚴守護婚姻，不讓兩人的感情有裂痕，也不許任何女人介入他們的感情中。

博文睡了一個長長的午覺，也許因為太疲勞，他開始做夢，夢中他一直在街道上走著，到處都是鮮血直流的屍體，死不瞑目的張著眼睛，有的被堆放成一座小山，他心裡非常著急，到處想找空卿，急著要警告他不要聚集眾人演說，因為軍隊就要來了，會死很多人，要叫大家趕快散去，躲在家裡不要出來才可以。他又累又急的到處走，一直找不到空卿的人影，最後終於看見他站在一個高台上說話，他想出聲制止他卻發不出聲音，他努力掙扎著與一股無形的力量對抗，當他發出叫喊時，一個面無表情的士兵也正舉著槍指向他射擊。

他驀然驚醒過來，心臟仍劇烈的噗噗跳著，感覺就像從夢中死而復活一般，才鬆了一口氣，立刻想起他必須趕緊找到空卿才行，他在奶媽房間找到正在看世傳吃點心的千佳，對她交待說：

「我欲出去揣空卿，恁毋免等我返來食暗頓。」

因為他每次回來都會約空卿去吃飯，千佳只叮嚀說：「較早返來咧，較袂予多桑煩惱。」

博文點頭，親了親世傳的臉頰，轉身離開房間。

八

日本戰敗後，平時利用權勢做抓耙子的保正黃泰山，因為怕被民眾報復，像隻老鼠似躲躲藏藏過日子，著實鬱卒了好一陣子，隨著國民政府來接收台灣，他很快又復活，而且比以前更加威風。在日本時代至少還講法治、規矩，換國民政府以後，一切都是他們說了算，只要有關係就沒關係，有錢有勢什麼都能解決，這種風氣對黃泰山而言是如魚得水。

保甲制度的由來原為清朝治理台灣的方法，是一種聚落的自治自衛組織所形成的地方基層制度，既是地方行政的一環，也是社會控制機制的一部分。日治時期沿用保甲制度，施行「保甲條例」，規定十戶為一甲，十甲為一保，每一甲設有甲長，每一保設有保正，均為無給職，且需對甲內各家負連帶賠償責任，除非事先發覺犯罪情事並加以檢舉，這也是保正、甲長非當抓耙子不可的原因，另外附帶的好處就是具有可以關說的資格。

國民政府接收台灣後，為了方便治理各地方事務，繼續沿用日治時期的保甲系統，只修改名稱，將甲長改為鄰長，保正改為里長，由鄰里長負責監督通報地方上的治安問題。

成為里長後的黃泰山不但常常進出鎮公所，也常常進出酒家和官員交際應酬，光是透過關說就口袋飽飽。當多數人都在為物價上漲，生活艱難而發愁時，他是少數春風得意的人之一，唯一令他有些心煩礙眼的就是空卿這個死囝仔。空卿的祖母在二戰時期，因為違反皇民化政策的規矩，被派出所所長石原一巴掌打去撞到桌角，意外身亡，陪同去臨檢的他從此成為空卿的眼中釘，不時想找機會報復，讓他十分困擾。好不容易將空卿送去南洋做軍伕，他卻韌命不死回到台灣，近兩個月他開始像吃錯藥一般，常在晚間聚眾開講批評政府，因為他所說的事都是來自報紙的報導，有憑有據，並非他自己捏造散播，連派出所所長王永剛出面勸說都無效。

台北二二八事件透過廣播電台傳開之後，他像瘋了似的鼓動民眾去參加抗爭，許多外省人在這種仇視氣氛下挨打，連鎮長都不敢輕舉妄動只求自保，九日上午，鎮長打電話告訴他支援部隊到台灣開始鎮暴了，要他密切注意空卿的動向隨時通報，他外出四處打探消息，得到一個風聲立刻回報，空卿正在召集人馬，準備在下午三點多去攻擊鎮長官邸。

北港派出所的副所長趙富因為常向商家索賄，地方民眾早就對他十分厭惡，趁著二二八事件引爆的怒火，趙富被狠打一頓，斷了兩根肋骨在家休養，由於省籍情結關係緊張，所長王永剛只好拜託幾位台籍警員負責外出巡邏，讓兩個外省籍員警留在派出所警戒，他也不放心父親自己一個人在家，所以上班時只好連父親一起載到派出所保護。

下午三點，台籍員警陳信匆匆騎著腳踏車回到派出所，向他報告說：

「所長，現在有一大群人聚在鎮長住宅門口，好像準備要鬧事的樣子。」

「他們到底想做什麼？」

王永剛急急走到派出所門外，朝鎮長官邸的方向看去，因為相距不到一公里，確實看見不少人聚集。

王仁義也跟出來探看，搖頭嘆氣說：「真糟糕，事情越鬧越大了。」

王永剛進去問陳信說：「知道誰帶頭的嗎？」

「就是那個空卿。」

王永剛皺起眉頭罵說：「他真的不知死活，敢在太歲頭上動土。」

陳信回說：「他們說鎮長平常收賄太多，要把他家裡的贓款找出來。」

「這不是公然搶劫嗎？」王永剛生氣的說。

「所長，電話，鎮長打來的。」坐鎮在門口執勤台的外省籍員警喚他。

王永剛過去接聽，神色越來越凝重，放下電話後，他對在場的員警宣佈說：

「鎮長交代，叫我們警戒就好，不用出面干涉，他已經聯絡附近的部隊要來鎮暴了。」

王仁義驚呼：「這不是得死很多人嗎？」

王永剛無奈的回答：「這也是他們自找的，沒辦法。」

「不行，我得去勸他們趕快離開。」王仁義毅然決定。

王永剛立刻反對：「爸，你不能去，他們現在看到外省人就像仇人一樣，你去那裡會有危險。」

王仁義態度堅決的告訴兒子：「我平常都在鄰里辦公處教大家說國語，地方上認識我的人也不少，大家都知道我的為人，應該不會是非黑白不分，何況我是為了大家的生命安全設想，我不能眼睜睜看著這麼多人去送死。」

又有兩位台籍警員巡邏回來，告訴王永剛說：「鎮長住處外面越圍越多人了。」

「我們陪你去吧！」王永剛只好帶著三位台籍警員陪父親一同前往。

現場人聲鼎沸，近百位北港民眾聚集在鎮長官邸門口叫囂，空卿站在一個臨時搬來的大木桶上演說：

「國民政府的貪官比米蟲較可惡，毋單食糖食米兼食銅食鐵食阿鋁米，無所不至的貪污腐敗，予咱台灣人的日子愈來愈歹過，咱若無勇敢出來反抗，予貪官一下教示，以後咱的囝孫代代攏要隨在這些外省人欺壓凌治。」

「無毋對！這個貪官食咱北港人夠夠，叫伊佮貪污的財產吐出來還咱。」有人出聲吶喊回應。

「佮伊的門拼開，衝入去佮伊茨內的財產搬出來充公。」有人揮舞棍棒鼓噪。

「一定要好好教示這個貪官，大家衝入去！」許多人大聲附和。

王仁義擠到空卿旁邊，轉向民眾大聲勸說：「鄉親們！大家不要衝動，聽我說好嗎？」

「王老師，沒有你的事，你趕快走開。」有人這樣嚷著。

「王老先生，你還是不要插手管這件事比較好。」空卿低頭對王仁義說。

王永剛在三位台籍員警擁護下也擠到父親身邊，並且吩咐他們趕緊用台語向群眾說明軍隊就要來鎮壓的事。

「鎮長已經通知軍隊欲來鎮壓矣，大家趕緊返去，留佇這會有生命的危險。」三位員警分頭向四周的民眾解釋。

「賊較惡人，先入去佮扑予死再講。」有人更加氣憤的鼓噪。

「兵仔甘敢真正向百姓開槍？」有人半信半疑。

王仁義神情焦急的懇求民眾：「各位鄉親，拜託你們快回家去吧！等軍隊一到就來不及了！」

得知消息趕來的博文走入人群中，用同樣急切的語氣對大家說：

「國民政府派兵來台灣鎮壓，自昨開始已經佇北部槍殺袂少人，這是我親目睭所看著的，部隊一到就會用槍枝掃射，所以大家要趕緊走，毋倘閣佇這停留。」

聽到這些話，有人開始離去，有人卻更加激憤起來，怒吼著：

「佮這隻外省豬掠出來扑予死。」

幾個情緒失控的民眾開始拿棍棒敲打官邸的木造大門，如同擊鼓一般，邊憤怒的幹譙。

林桑從外圍擠進來，邊驚慌的喊著：「軍隊到矣，大家緊走！」

博文回頭看見從遠處路口開過來的軍用卡車，立刻催促空卿：

「空卿！緊走！」

空卿朝民眾大喊：「大家緊走！」隨即跳下木桶，準備逃命。

現場一片混亂，人群互相擠搡著，很快就開始聽到槍響，立刻有哀嚎聲傳出，但誰也顧不上誰。

王永剛在第一時間做出決斷，他臨危不亂的命令三個台籍員警：

「我們不要跑，貼著鎮長官邸的大門站著就好。」

因為他們身穿警察制服很容易辨識，混在人群中反而危險，所以他們將王仁義遮掩在身後，緊靠著大門站立不動，眼看著跳下卡車的士兵追著四散奔逃的群眾開槍，五個人都緊張發抖著，誰也不敢大聲呼吸。

博文使盡全力向前奔跑，他的腦海一片空白，身後一連串的槍響與哀嚎恍如置身戰場，隨著背後一股劇痛如同利箭穿透身體，他很快失去動力攤倒在地上，他不解的仰望著晴朗的天空，藍藍的青天，漂浮著幾團雪白的雲朵，為何遍地卻是百姓的鮮血？

他的眼前一一略過他摯愛的家人，父親、千佳、幼小的兒子，還有為他傳宗接代的阿春，一股錐心刺痛讓他眼淚忍不住從眼角滾落，視線開始變得模糊。博文努力睜大眼睛想看清楚這個世界，黑暗卻從四面八方籠罩過來，逐漸將他吞噬。

等士兵都經過他們去追逐四散的民眾，王永剛父子和三個警員才敢稍微探頭看看路上的情景，遠處有幾個人散躺在地上，王仁義拜託幾個警員說：「你們是警察不會被開槍，去看看那幾個躺在地上的人吧！也許還有活口。」

「爸，我們還是趕快回派出所去，免得惹禍上身。」王永剛急切的對父親說。

王仁義沉下臉語氣嚴厲的說：「我是這樣教育你的嗎？做人怎麼可以見死不救？如果躺在那裡的是你的家人，你還會用這種事不關己的態度說話嗎？」他一次訓斥了四個青年人。

三個台籍警員互看彼此猶豫著，陳信先開口回應說：「好，我過去看覓。」其他兩位立刻跟隨，王永剛也只好跟他們一起過去察看，王仁義緊跟在後面。躺在地上的人都身中數槍，早已沒有呼吸，王永剛認出其中一位是德隆發商號的少爺。

「爸，現在要怎麼辦？」王永剛六神無主的問父親。

王仁義神情沉痛的說：「屍體不能就這樣擺在路上，先去找推車來搬回派出所，再通知他們的家人來認領。」

「我知道哪裡有手推車，我去借。」陳信說完立刻行動。

「你們去拿幾件草蓆，蓋屍體用。」王仁義又交代。

大家分頭行動，很快把屍體運回派出所門口，一字排開用草蓆蓋著，派出所裡全部的警員都沉默不語的看著那些死者，不分省籍心情同樣沉重。

暮色緩緩聚攏，黑夜即將降臨，直到看見軍隊的卡車駛離，王永剛才吩咐管區警員去通知家屬。

死者家屬都還未出面，反倒是黃泰山最先出現在派出所門口，他每一具屍體都掀開來看，王永剛出來問他：

「里長是在找什麼人嗎？」

黃泰山假裝若無其事的問：「死去的人只有這些嗎？」

「不知道，這條路上只有這四個死者，其他地方我們沒去處理。」王永剛回答。

黃泰山神情怏怏的離開派出所，那些死者裡面沒有他的死對頭空卿，也是這次集會抗爭的主謀，他得密切留意空卿的下落，免得又遭到他的報復。

空卿死命狂奔，腿部一陣劇痛傳來，他仆倒在地又立刻驚慌爬起，繼續半拖半跑的轉入旁邊的叉路，他立刻認出林桑的住家就在這裡。

他忍著腿部的劇痛，跑過去急急的叫門：「林桑！沙枯拉！林桑！沙枯拉！」

沙枯拉認得他的聲音打開門：「順卿先生，快進來。」

他拖著腿走進去，沙枯拉趕緊關上庭院大門，滿臉焦急的問他：

「我先生呢？他去參加集會了！」

「他沒回來嗎？」空卿訝然反問。

「沒有，我得去找他。」沙枯拉急得想開門出去。

空卿勸阻說：「現在外面都是士兵，妳出去很危險，他可能是暫時躲起來了，我們先等等。」

沙枯拉低頭看見地上一攤血，驚呼說：「你中彈了，流好多血，趕快進屋裡去。」

沙枯拉伸手扶他進入客廳，讓他坐在一張籐椅上，端來清水與布巾，動作熟練的用一把剪刀從彈孔上方剪掉一截褲管，再裁剪成布條用來綑綁止血，幫他擦拭乾淨腿上的血跡後，她從牆上取下之前他來寄放的藥包，拿出裡面的內服消炎藥與外敷傷藥，對空卿開玩笑說：

「你早就算到會有這一天嗎？裡面的藥你是頭一個用的。」

空卿苦笑：「我要是有預知能力，會有這一天嗎？」

「我只聽到遙遠的地方有槍聲，外面到底發生什麼事？」沙枯拉為他倒了一杯開水，讓他先服用消炎藥。

空卿語氣沉重的簡單述說事情的經過，沙枯拉總是散發溫柔的一雙眼睛盛滿恐懼。

「真的太可怕了，怎麼可以對沒有武器的人民開槍？這不是戰爭，這是謀殺。」她的眼裡閃著淚光。

「台灣人太傻了！」空卿發出深長的嘆息。

時鐘一分一秒的走著，兩人坐在客廳裡越等越心焦，連天黑都忘了開燈，當門鈴聲響起，沙枯拉宛如被電到般彈跳起來，奔出去開門，空卿坐在籐椅裡屏息等待，隨即又見沙枯拉急忙跑進來求救：

「順卿先生，快來幫忙。」

空卿咬牙忍著腿部的疼痛，跛著腳去到庭院，看見滿身血跡的林桑倒在庭院裡，他趕緊過去跟沙枯拉一起將他拖入客廳，只能暫時讓他躺在地上。

「林桑！林桑！」空卿拍著急促喘息的林桑的臉呼喚他。

「我躲了……很久……才回來。」林桑語氣模糊的說。

「我去請醫生。」蹲在丈夫身邊的沙枯拉毅然站起來。

「不要……。」林桑拉著她的褲管，氣息微弱的說。

「你受傷很嚴重，需要治療。」沙枯拉又蹲下來，淚水忍不住潸潸滑落。

「我只想看著妳。」林桑睜著沉重的眼皮說。

空卿只好拿起藥包袋給他看，用台語問他：「我用藥仔予你吃？」

「毋免矣，我欲死矣。」林桑嘴角勾起一絲苦笑。

「你袂使死。」空卿哭著說。

「拜託你替我照顧我的某囝。」他語氣困難的說。

「家己的某囝要家己顧啦！」空卿不答應。

林桑只是苦笑，伸手給妻子交握著，努力再擠出一句日本話：「妳要堅強。」

沙枯拉點點頭，深吸一口氣，表現出勇敢的態度。

過去總是穿著日本服裝的她，現在都是長褲和襯衫，與一般台灣婦女沒兩樣，日本戰敗投降後，她決定留在台灣和丈夫、孩子一起生活，如果丈夫遇難，她該怎麼辦？她的心頭一片茫然。

進丁從店鋪回到家博文已經出門，千佳說他去找空卿阻止再聚眾抗爭。他在客廳和世傳玩了一陣，不久，遠方的連串響聲聽似鞭炮卻又不像，他有些不安的問媳婦：

「這是啥物聲？」

「有人在放炮呢？」

響聲持續傳來，進丁有些心驚肉跳坐不住，起身去向家裡供奉的媽祖神尊及陳家祖先牌位上香，祈求保佑陳家大小一切平安無事。

天色逐漸幽暗，進丁正打算開燈之際，門鈴突然響起把他嚇了一跳，阿菊匆匆跑出去應門，帶進來兩個人，是派出所所長王永剛父子。

進丁訝異的用國語問：「請問，有什麼事？」

王永剛父子神情凝重的互看一眼，由王仁義開口對進丁說：

「陳老闆，我們是要來跟您稟報一件事情。」

「什麼事？」

「您的兒子，現在正在派出所。」王仁義看著與自己年紀差不多的進丁，很難直接說出口。

進丁緊張起來，急著問說：「他為什麼在派出所？他犯了什麼罪嗎？」

「不是，他不是犯罪，他……。」

「他怎麼樣？」千佳緊張的大聲追問。

「他中彈過世了。」王仁義說完，垂下眼不忍心看他們的表情。

「我不相信，一定是你們弄錯了！」千佳態度堅定的回答。

「所以來請你們去派出所指認。」王永剛趁機說。

「你們認識我兒子？」進丁慘然反問。

「我當然認識。」王永剛流露出同情的神色。

「我毋信，我來去看覓。」千佳激動的嚷著，就要往外衝。

進丁叫住她：「千佳，妳踮茨等，我來去就好。」

千佳搖頭拒絕：「我欲去，我無法度佇茨等消息。」

進丁只好叫阿興踩三輪車載他們前往派出所，王永剛父子騎警用腳踏車陪同。

三輪車來到派出所前面，看到地上排成一列的屍體，千佳下車時手腳發軟，靠阿興攙扶才有辦法走路，王永剛主動過去掀開蓋住博文頭臉的草蓆，看見丈夫睜開的雙眼已經空洞無神，死亡之前彷彿還捨不得這個世界，她心痛至極的發出嚎哭：

「你哪會使得焉爾就離開阮？哪會使得這爾殘忍？哪會使得焉爾對待我？啊——。」千佳萎頓在地，緊揪著胸口的衣領放聲痛哭。

進丁臉色蒼白的吩咐阿興：「你先送少奶奶返去，再閣去通知管家過來做夥處理。」

「我毋要！我毋要！」千佳抗拒著，語意分不清是不願離開，還是不接受丈夫死亡的事實。

阿興看了進丁一眼，在老闆示意下，半強迫的將千佳帶上三輪車，送回家裡去。

王仁義安慰說：「請節哀順變。」

進丁沉痛的開口請求：「王所長，可以拜託幫忙通知我的親家，慈愛病院的林院長嗎？」

「沒問題，我現在就去。」王永剛立刻答應。

進丁注視著躺在地上的兒子面容，彷彿出神般站了一會兒，才過去在他身邊蹲下來，伸出顫抖的手為他闔上眼睛，兩行老淚滑落臉頰。

他默默為兒子再掩上草蓆，走回王仁義身旁向他道謝：「感謝你們幫忙為我兒子收屍。」

王仁義心情沉重，不知道該說什麼好，停頓半晌才開口說：

「出這種不幸的事，真的很對不起。」

進丁沉默不語，仰天長嘆，天空已經一片黑暗。

王永剛見慈愛病院大門緊閉，便繞到後方住家按門鈴，等了許久仍不見有人來應門，他只好繼續按著，一下接一下不肯放棄，終於門內有人用台語問：

「是誰？」

王永剛認出是千惠的聲音，歡喜的回答：「千惠姑娘，我是派出所所長王永剛，有重要消息要來跟你們說，請開門好嗎？」

裡面沉默了半晌，卻回答說：「現在不方便開門，有什麼事請你直接說就好。」

王永剛知道現在的時機敏感，只好隔著門告訴她：「妳姊夫中彈身亡，屍體在派出所，陳進丁老先生拜託我來通知你們一聲。」

門突然打開，千惠臉色蒼白的指責他：「你故意在騙我對不對？你只是想要騙我開門。」

王永剛無奈自清：「我說的是真的，沒有騙妳。」

門再度碰一聲關上，王永剛只得摸著鼻子離開。

千惠進入客廳，面對她的父母和弟弟承杰關心的神情，千惠囁嚅著不知該如何啟齒。

「到底是啥人來？」美慈急著追問。

「派出所的所長。」

「這個時陣伊來創啥？」

千惠眼裡湧出淚水，哽咽回答：「伊講姊夫死矣，屍體囥佇派出所。」

「哪有可能？若是真的，親家應該會派人來佮咱講。」美慈慌亂的說著。

千惠哭著接口：「就是親家拜託伊來通知咱的。」

伯元沉著的吩咐：「承杰你顧茨，美慈，我開車送妳佮千惠去陪千佳，我再來去派出所佮親家湊陣處理後事。」

＊

水蛙發仔去北港市場賣捕捉到的鱉和鱔魚，聽到德隆發商號的獨生子中彈身亡的消息，他知道那是姊姊阿春最在意的人，所以回到榕樹王庄後，趕緊去蔡家通知姊姊。

土水一家人正在吃午飯，見到水蛙發仔走進來，圓仔先出聲招呼：

「舅仔你來喔，來食飯啦！」

「我來佮阮阿姊講一件代誌。」發仔站在門口說。

阿春從房間走出來，接口問：「講啥物代誌。」見他有些猶豫，又對他說：「你講無要緊。」

發仔這才神情嚴肅的告訴她：「陳家的少爺死矣。」

「你講啥？」阿春腦袋一片空白。

「我聽講陳家的少爺著槍死矣。」發仔又說一遍。

「哪有可能，伊前工才來過耳耳。」圓仔不敢相信這個事實。

「是真的，我有去個的店裡探聽，嘛有去伊的靈堂看過。」發仔認真的說。

阿春臉色一片慘白，心痛如絞卻說不出一句話。

土水嘆息說：「像咱的地主赫爾好的人，哪會拄著這款代誌？天公伯仔實在無目睭。」

圓仔又請發仔進來吃午飯，發仔看了姊姊一眼，推辭說：

「毋免啦！我先返來去矣。」

發仔離開後，全家人都看著阿春，她淚流滿面的轉身回去房間，圓仔惋惜的說：

「陳少爺是一個足有才華的青年人，可惜這爾短命。」

阿彩胡亂接話說：「毋就佮大伯仔相同，攏活無久。」

走回房間裡的阿春，從五斗櫃裡拿出博文抱著度晬的世傳所拍的照片，那溫柔的眼神，含著愛意的凝視，被鏡頭瞬間捕捉，如果知道他的生命有限，他離去時就該好好的與他話別，或者緊緊的擁抱他。

阿春把照片貼在胸口緊壓著，一顆心像被千萬根針戳刺著，她咬著牙根，悶聲哭泣，雖然如此，還是被客廳裡的阿彩聽見，說了一句風涼話：

「干偌第二擺死翁咧。」

一聲拍桌巨響，土水難得發火的罵說：「妳是食飽尚閒呢？赫爾厚話欲創啥？」

*

橫死在外面的人，照習俗屍體不得入門，也不能進入住宅所在的街道巷弄，所以博文的靈堂就設在一處較空曠的地方，臨時用帆布搭蓋暫厝。

千佳每天都不吃不喝的守在靈堂裡，進丁請來道士唸經超度做七旬，小小年紀的世傳雖不懂得悲傷，卻很乖巧的配合大人的教導，在奶媽協助下，為父親上香、供飯。

千惠盡量陪著姊姊守靈，偶而勸說兩句：「阿姊，妳要較堅強咧，尼桑無佇咧，世傳就全靠妳晟養矣，妳要保重身體，」

倆姊妹坐在靈堂角落的椅子裡互相依靠著，這是自從千佳中學得肺結核病後，姊妹情感疏離十多年以來，頭一次回復手足之情。千佳頭靠在千惠肩上氣息微弱的哭泣著，其實她早已哭乾眼淚，只是無法停止悲傷的情緒蔓延。

千惠抬頭看見一個熟悉的人影在靈堂外面徘徊，她低聲對姊姊說：

「阿春來矣。」

千佳坐直身體，看也不看外面一眼，垂視著地面告訴千惠：

「叫伊走，我無想欲看著伊。」

千惠不忍心，勸說：「阿姊，莫焉爾，予伊來拈香一下，我想尼桑會感覺安慰才對。」

千佳沉默片刻，才幽幽的開口說：「叫伊入來。」

千惠起身去叫阿春進來，阿春怯怯的走入靈堂，來到千佳面前問候：

「少奶奶，妳要節哀。」

她勸千佳節哀，自己卻哽咽哭出聲來，又馬上伸手掩住自己的嘴。

千佳如佛像垂首斂目，沉默不語，千惠過去點一炷香交給阿春祭拜。

阿春舉香看著擺在靈堂案桌上博文的遺照許久，拜了三拜，把香枝插進香爐裡，又拈了些許香末在焚香爐裡，然後囁嚅的開口請求：

「少奶奶，我敢會使得去後面看伊的棺材？」

千佳抬頭想斷然拒絕，接觸到阿春眼中悽楚的神情後，便心軟的點了頭。

阿春步伐有些蹣跚的往靈堂後面走，隔著一片白布，博文的楠木棺材用兩張椅條架高，靜靜的暫厝在那裡，因為已經入殮封棺，她無法見他最後一面，只能伸手輕撫著棺材，心痛難抑的嗚咽著，最後終於忍不住趴在他的棺木上嚎啕大哭。

千佳坐在靈堂裡看著丈夫的遺照，聽著阿春在靈堂後面悲傷痛哭，她突然有種自己在世上並不孤單的感覺。

九

北港番簽市旁邊的一塊空地上搭起一個帆布靈堂，死者是番簽市大戶林旺的兒子林順卿，外號空卿。

番簽市對空卿的死議論紛紛，這次鎮長請來附近軍隊武力鎮壓，造成多人死傷事件因他而起，而他自己也死於槍下，有人誇獎他勇敢為台灣人出頭犧牲，里長黃泰山卻批評他帶頭作亂，害死這麼多人。

這次事件發生時，當場被亂槍打死的總共才七個人，其餘十幾個中彈受傷逃回家裡躲藏者，隔天被全面搜捕帶去笨港溪邊集體槍決，鮮血染紅悠悠溪水。

現在已成番簽市最大戶的里長黃泰山，站在空卿的棺木旁冷冷的看了片刻，守靈的空卿弟弟在旁邊燒紙錢，敢怒不敢言的抬眼瞪他，黃泰山又回到靈堂前方，對著空卿的遺照恭敬拈香，之後才施然離開。

空卿的葬禮來的人不多，因為時局動盪不安，大家都怕受到連累不敢來相送，連道士和土公仔也因死太多人分身乏術，只好由自家人抬棺下葬，草草立個墓碑了事。

沙枯拉帶著孩子如同親人般送空卿上山頭，神情哀痛的注視著逐漸被一坯坯黃土掩埋的棺木。她離開墳場後立刻把孩子送到鄉下交給公婆照顧，自己回北港處理結束營業的事，她在飯館門口貼上盤讓的紅紙，看著和先生一起從琉球回來創業，多年努力的成果都將成空，淚水再也忍不住滑落臉頰，但她立刻深呼吸止住情緒，伸手抹去臉上的淚痕。

她回到住家拿鑰匙打開庭院的門進入，再打開第二道客廳的木門，空卿拿著一根手杖站在客廳裡等她。

「喪事辦完了？」

「辦完了。」

「感謝妳。」空卿有些激動的說。

「不要客氣。」沙枯拉走到籐製沙發椅坐下來，一副疲累至極的模樣。

「接下來我們該怎麼辦？」

「等你把傷養好，我們看情況再決定要去哪裡。」沙枯拉冷靜的說。

「我答應會照顧你們母子，就一定會做到。」空卿保證說。

「謝謝你，我也會堅強。」沙枯拉眼裡浮現哀傷。

空卿回想林桑死亡當時的情景，沙枯拉只是緊握著丈夫的手，不斷向他保證：

「你放心，我一定會堅強，我會堅強的把孩子扶養長大。」

空卿凝視著林桑灰白色的臉與微張的眼皮許久，確定他已經失去生命，才用沉重的語氣對沙枯拉說：

「可以請妳去跟我的父母通報一下嗎？讓他們知道現在的情形，他們也會幫助妳處理林桑的後事。」空卿請求說。

沙枯拉緩緩放下丈夫的手，依言去找空卿的父母，他的父母立刻跟她一起回來，看見兒子平安無事自然歡喜，看見林桑被槍殺又感到非常歉疚。

「你是撮頭的人，我想國民政府絕對會揣你算數。」林旺滿臉憂愁的說。

「兮是一定的代誌，看個手段這爾狼毒嘛知。」空卿的母親也是愁容滿面。

「唯一會行得逃避官廳追捕的方法只有一個。」沙枯拉注視著已經死亡的丈夫思索著說。

「什麼方法？」空卿用日語問。

「詐死。」

「欲焉怎會當假死？」林旺聽得懂日語，有些不解的反問。

「把我的丈夫當成順卿先生辦理後事。」

「人敢會相信？」空卿母親顧慮著說。

「無人會提這種代誌做假。」林旺倒是贊成，卻歉然的看著林桑的屍體說：「只是焉爾做，對林桑敢袂失敬？」

嫁來台灣多年，台語大致聽得懂的沙枯拉，語氣平靜的說：

「我的丈夫一直很支持順卿先生做的事，我想他會樂意掩護他。」

「但是以後如果有人追問妳先生的下落怎麼辦？」空卿推想著提出問題。

「就說他身體不好要歇業去外地休養，我會把食堂盤讓出去，等你的腿傷養好，我們一起離開這裡到外地尋找創業機會，你就用我丈夫的名字活下去，往後的人生我們互相幫助吧！」沙枯拉心思細密的計劃著。

「看來也只有這個辦法會行得試看覓。」林旺說。

在林旺的協助下，當晚就在番簽市旁邊的空地上搭好帆布帳篷，購買好棺木送來靈堂安置，等到夜深人靜時，才用推車將已經清洗掉血跡，換上全套西裝的林桑送去靈堂入殮封棺。

多虧沙枯拉深謀遠慮，她叫空卿藏在二樓一個夾層小空間裡躲幾天，結果隔天上午軍隊就再度來到北港搜捕抗爭造反的民眾，許多人因此枉送性命，只有空卿逃過一劫。

沙枯拉從籐製沙發椅站起來，假裝若無其事的說：「肚子餓了吧？我來煮好吃的食物，吃飽了，才會有力氣奮鬥。」

*

軍隊開槍鎮壓抗爭民眾事件過後，整個北港鎮死氣沉沉，一入夜即無人敢在外面逗留，連萬成都像受到教訓似學乖了一些，沒事盡量待在家中不敢亂跑。事隔近半個月，一天晚上吃飯時間，幾個身穿國民服的中年男子闖進邱家，把正在吃飯的大夥嚇得都丟下碗筷站起來。

「你……們，是，什麼人？」添財緊張得舌頭打結。

金枝抱起玉蘭躲在他身後，用驚恐的眼神看著他們。

「我們是警備總部派來的，邱萬成是哪一個？」領頭的人冷冷的問。

萬成一聽到他的名字，嚇得臉色發青，越往後縮躲著。

「他……是……我兒子，你們……找，找他，做……什麼？」添財越說聲音越發抖，忍不住與萬成對望了一眼。

領頭那人沒忽略添財的這個舉動，立刻指著萬成吩咐屬下：

「就是他，把他帶走。」

「你們為什麼要捉他？」添財張開雙手擋在兒子前面，著急的嚷著。

領頭者面無表情的回答：「有人舉報他是暴亂分子，他得跟我們回去接受調查。」

兩個大漢過去將添財推開，一人一邊架著萬成往外拖，萬成發出殺豬似的嚎叫：

「我無做啥物歹代誌，是焉怎欲掠我啦！阿爸！阿母！救命啦！」

添財拉扯著架住萬成的其中一人，情急辯解：「我兒子不是壞人啦！他沒有參加暴亂啦！你們看，他是跛腳，根本跑不動啊！」

萬成呼天搶地的被拖出門外，眼看添財阻擋不了，金枝放下玉蘭，換她跑到前面去，張開雙手攔著他們說：

「恁袂使佮阮囝掠走，恁憑啥物來阮兜隨便掠人？」

「走開！不然別怪我對妳不客氣。」領頭男子橫著臉嚴厲警告。

金枝兀自哭嚷著：「我干單賰這個囝耳耳，恁袂使得佮伊掠走。」

「發生什麼事？」租住在邱家儲藏間的徐長生過來詢問。

添財惶恐的告訴他：「他們說我兒子是暴亂分子，他沒有參加暴亂啊！」

徐長生打量那些警備總部的人，用肯定的語氣說：「我可以保證，這家人都是良民，不會是暴亂分子。」

領頭的人斜看徐長生一眼，不太客氣的回說：「你憑什麼保證？」

「我們借一步說話吧！」徐長生說完，隨即往屋角走去。

領頭的人被他的氣度震懾住，聽話的跟他走到屋角低聲交談，只見那人恭敬的行了一個禮，很快便收隊離開。

徐長生對著驚魂未定的邱添財一家人抱歉的說：「你們都嚇到了吧？沒辦法，時局太亂了。」

「你……是跟……他們，說什麼？」添財聲音還發著抖。

徐長生笑了笑，淡然回答：「我只是跟他們提一下我兒子的官階和名字而已。」

「這麼好用？你兒子是什麼人？」添財愣愣的反問。

徐長生笑了笑，沒回答他的問題，只說：「大家都回去吃飯吧！」

數日後，一部軍用吉普車開進邱家大埕，又把正在客廳裡閒坐的添財夫妻嚇得發抖，深怕又是來找麻煩的，結果原來是派來接徐家老小的車輛，徐長生過來與他們辭別。

「邱老闆，感謝你們這段時間的照顧，我兒子派車來接我們了。」

「我們也謝謝你啦！」添財由衷的說，因為所學國語詞彙有限，只能簡單表達。

望著車子離去捲起的塵土，金枝有些擔憂的說：「個走矣，些個歹人若閣來欲焉怎？無人倘保護咱矣。」

添財安慰她：「袂啦！欲來早就來矣。」隨後又有感而發的說：「有關係的人講一句，較贏咱講一百句。」

*

博文出殯後，進丁就病了，在家突然昏倒，千佳趕緊請父親出診，伯元診斷後表示：「應該是操勞過度，需要好好休養一陣子。」

金火帶著兒子春生過來探望，以自家人身分勸導他：「妹婿，你要保重你家己的身體，博文過身，你的責任更加重大，你若倒落，千佳佮世傳個母仔囝欲焉怎？」

「我知也。」進丁靠坐在床頭，閉著眼睛回答，淚水卻從眼皮下溢流出來。

「是啦！姑丈，你要較保重咧，我去請漢醫來佮你節脈開藥方，欲調養身體猶是要靠漢醫才會行得。」春生關心提議。

千佳也贊成：「我感覺春生兄講的有理，你予漢醫調養一下身體好啦！」

博文突然過世，千佳也是每天沉浸在悲傷中，公公的昏倒讓她警醒，身為媳婦她沒有盡到照顧公公的責任。

進丁點頭同意說：「好啦！」

春生又體貼的說：「弟婦仔同款身體嘛要顧予好，為著世傳，恁攏要保重才對。」

千佳感動得眼眶一紅說：「以後要靠恁父子多幫忙矣。」

金火回說：「這是應該的。」

春生笑著說：「這也著講？咱是一家人，當然要互相幫忙啊！」

此後，春生進出陳家更頻繁，在進丁調養身體期間，幾乎晨昏定省，讓進丁與千佳得到不少安慰。

*

承杰在學校上課的時候，被三個警備總部派來的人帶走，美慈在家接到學校打來通知的電話，慌張的從相通的後門跑進伯元的診間，失態的哭嚷著：

「害矣，承杰佇學校予警備總部的人掠去矣。」

在場聽見這些話的患者，都露出訝異的眼光。

伯元站起來走向美慈，攬住她的肩膀，一面吩咐護士把未看完的患者交給另一位醫師負責，一面和美慈匆匆由後門走回家，千惠也立刻放下工作跟在他們身後。

「敢有講是啥物理由？」千惠關心的問。

「毋知也。」美慈茫然回答。

伯元脫下白袍，換上西裝外套，打電話給在病院待命的司機過來接他。

「我先去瞭解一下。」

「我佮你去。」美慈心急說。

伯元安撫她：「妳莫煩惱，我會想辦法解決，妳佮我出去嘛無路用。」

千惠摟著母親說：「是啦！咱踮茨裡等就好，綴出去會增加多桑的麻煩。」

美慈不再堅持，目送丈夫離開。

千惠扶母親在客廳坐下來，繼續安慰她：「卡將，妳先莫煩惱，承杰也無去參加抗爭，袂有代誌啦！」

「警備總部的人，是焉怎會當去學校胡白掠人？個猶是學生，會做啥物歹代誌？」美慈有些生氣的指責，說著又委屈落淚。

「可能有啥誤會，調查一下而已。」

結果伯元卻從上午出門，直到傍晚還沒回來，美慈坐立難安，對著端了一杯牛奶要給她喝的千惠問：

「代誌一定足嚴重對否？若無佉多桑袂去這爾久猶未返來。」

「這種代誌要去揣人事處理，會較拖延時間，妳莫想尚濟，自中晝妳就無食，佮這杯牛奶啉落去再講。」千惠強迫說。

美慈端起牛奶無心無緒的喝著，不時抬眼瞄一下時鐘，感覺時間特別緩慢難熬。

又到晚飯時間，家裡的幫傭煮好簡單的晚餐後就下班去，母女倆等到飯菜都涼了還不見伯元回家，只好先用餐，美慈才吃了一口飯，眼淚就又止不住的滴落下來。

「個些個人毋知會予伊食飯否？」她擔憂的說。

「會啦！這是基本人權，中華民國的政府，毋是以三民主義的思想實施憲法的？」

「渫麵煮麵啦！清彩講講的耳耳。」美慈氣憤的回答。

千惠被母親脫口而出的話逗笑了，美慈看見女兒發笑，也自覺有些好笑的收起眼淚。

將近午夜伯元才一臉憂鬱的回到家，不見承杰一起回來，美慈迎上前追問：

「承杰呢？哪無佮你做夥返來？」

伯元語氣沉重的回答：「猶閣揣無門路救伊，所以伊暫時無法度返來。」

美慈情緒失控的哭喊：「到底伊是犯啥物法？是焉怎欲掠伊？」

「予我一杯茶。」伯元拖著疲憊的步伐在客廳的椅子坐下。

千惠趕緊問：「多桑，你敢有食暗頓？」

伯元搖頭，千惠趕緊去廚房準備晚餐。

美慈在他旁邊坐下，繼續追問：「你敢有看著伊的人？」

伯元搖搖頭，接過千惠先端來給他的熱茶，連喝好幾口。

美慈忍不住抱怨：「你出去走闖規工，竟然連囝的面都無見著？」

平日美慈都會悉心照料伯元的生活需求，現在她所有心思都牽掛在兒子身上，對又累又渴的丈夫全無半點體貼，自己馬上流淚反省認錯：

「失禮啦！我無應該用這款的態度對待你。」

伯元伸手拍拍她的肩膀，安慰她說：「我知也妳足煩惱，代誌拄著矣，煩惱也無路用，要冷靜想辦法解決才對。」

「你今仔日出去，敢有探聽著啥物消息？」美慈關心問。

「因為禁見，我有揣議員出面去瞭解，講是有人檢舉承杰受共產黨洗腦，搧動同學參加集會抗爭，擾亂社會治安。」伯元說到後來露出苦笑。

「這欲哪有可能？」美慈高聲回應說：「伊是一個才讀高等學校的學生，檢舉伊是共產黨，未免尚好笑。」

「多桑，先來食飯啦！」千惠站在飯廳門口說。

伯元和美慈起身往飯廳走，美慈繼續氣憤的說：「這一定是有人欲陷害咱承杰，是誰這爾夭壽，去佮伊檢舉？」

伯元在餐桌坐下來吃晚飯，邊神情平靜的回答：「聽講二二八事件中央派兵來鎮壓了後，就開始清算，掠足濟有去參加抗爭的人審問，只要是有嫌疑的人攏無放過。」

美慈更加生氣說：「可是承杰並無參加啊！因為我毋准伊去，焉爾也會冤枉伊？」

「無定著是伊頂回撮頭罷課惹來的禍嘛有可能。」伯元思考著說。

「一個囝仔人毋捌事所做的代誌，敢真正要用這爾雄的手段對付伊？」美慈委屈的問說。

「我只是在懷疑耳耳，詳細的原因要閣深入瞭解才會知也。」

千惠關心詢問：「多桑續落來有啥扑算？」

伯元嘆氣說：「這個政府貪官一大堆，當然要用錢解決代誌，今嘛唯一的問題就是要揣著門路。」

「你今仔日毋是有去揣過議員？敢會連議員都無辦法？」美慈擔憂的問。

「議員也是要透過外省官員才有辦法去疏通。」伯元無奈的回說。

美慈忍不住拍了一下桌子埋怨：「這是什麼社會？無錢無勢的老百姓是欲焉怎活落去？」

隔天吃早飯時，美慈問伯元說：「敢欲過去揣親家參詳看有啥物較好的門路倘行否？」

伯元搖頭：「博文拄才過身，伊的身體也無好，千佳的心情一定也真悲傷，承杰的代誌猶是莫予個知較袂增加煩惱。」

千惠點頭讚同說：「我嘛是焉爾認為，加知加煩惱。」

美慈滿面愁容的問丈夫：「你今仔日有啥物扑算？」

「早起我先來去揣里長黃泰山，做伙想看有啥辦法無？」

「伊是一個抓耙仔里長耳耳，會有啥物辦法？」美慈不以為然。

「伊這個里長也是專門在鑁孔縫的，無定著會有辦法。」

伯元直接去黃泰山位於大街上的住家找他，他正在一樓大廳餵養加鴒（九官鳥），伯元直接走入敞開的大門，黃泰山感到有些意外的招呼他：

「林院長罕行，來坐啦！今仔日是去予啥物風佮你吹來的？」他邊從桌上的茶盤倒一杯茶待客，邊用細小的眼縫打量伯元。

伯元直接開口說：「我是有代誌欲拜託來的。」

「啥物代誌？」黃泰山喝了一口茶問。

伯元詳細告訴他承杰被抓的事情，黃泰山神情凝重起來。

「你敢有法度替我揣著有夠力的人去排解？」伯元直接了當問他。

黃泰山投給伯元一個深思的眼神，轉瞬間露出圓滑的笑容回答：

「欲解決問題，當然是錢伯仔上有夠力。」

伯元毫不考慮的答應說：「只要會當佮阮囝救出來，開偌濟錢攏無要緊。」

黃泰山稱許說：「有林院長這句話，代誌就好解決矣，一切包在我的身上。」

「你偌久會當予我消息？」伯元著急問。

「我會盡量趕緊處理。」

父親出門後，千惠看見母親一臉憔悴的模樣，知道她昨夜一定失眠，就勸母親再回房間去休息。她在自己的書桌前坐下，亂翻一會兒書，看見夾在書中的紅色窗花，怔怔的看了片刻，想著她多桑說的話，現在就是外省人的天下，要找外省人才說得上話，如果她去拜託王永剛的話，會有用嗎？她猶豫許久，終於決定去試試，只要有一線希望就不能放棄。

千惠稍稍打扮了一下，塗上一點胭脂，換上一件碎花洋裝，長髮載髮箍裝飾，騎著腳踏車前往派出所。

王永剛看見她走進派出所喜出望外，迎上前來時高興得不知所措，連講話都有些結巴起來：

「千惠小姐，妳怎麼……有什麼事嗎？」

「我們可以出去說一下話嗎？」千惠看著派出所裡有其他人，便要求說。

「好。」王永剛二話不說即刻答應。

千惠轉身往外走，王永剛跟在她身後，兩人走到派出所外面角落的一棵大樹下站定，千惠眼睛垂視著地面，顯得一副難以啟齒的模樣，王永剛善解人意的詢問：

「千惠姑娘有什麼事嗎？」

「我想請你幫忙。」

「只要我做得到的，都絕對沒問題。」王永剛語氣堅定的說。

千惠看見他一臉真誠的表情，就把弟弟的事向他說明。

「你可以幫忙讓我們見弟弟一面嗎？」千惠提出要求。

王永剛看來有些為難說：「可是我在警總沒有認識的人。」

「不是都屬於警察機關嗎？」千惠不解。

「是這樣說沒錯，但性質不同。」王永剛解釋。

千惠露出失望的神情，轉身就要離開，王永剛趕緊叫住她，接著說：

「我會幫妳想辦法，妳等我的消息。」

「謝謝你。」千惠由衷的說。

千惠離開後，王永剛坐在他的位置上，左思右想，有一個人浮上他的腦海，就是二二八事件爆發後，被憤怒的民眾打斷兩根肋骨在家休養的趙富。他的官階雖然比趙富高，卻不如他長袖善舞，趙富是一個拼命想往上爬的人，在外面交際應酬很多，認識的人也不少，也許會有辦法也說不定。

王永剛買了兩罐奶粉當禮物，前往趙富所住的日式宿舍探望，他的妻子來應門，招呼他進去坐。

休養大半個月的趙富除了走路有些緩慢外，精神氣色看起來都不差，只是說話的聲音低沉些。

「太用力說話還會痛，那些該死的暴民，真的死有餘辜。」趙富猶氣憤未平的說。

王永剛只能陪著批評說：「真的太無法無天了。」

趙太太端茶出來，王永剛喝了一口，才向趙富說明來意，讓他瞭解林家遭遇的事後，以私人身分開口說：

「趙大哥，你也知道我喜歡林院長的女兒千惠小姐，這件事情你如果能幫忙，我會感激不盡。」

趙富沉吟著說：「警總我是有人脈，但是這種事需要用錢打點。」

「千惠小姐只想見她弟弟一面，不能賣個面子嗎？」王永剛為難的說，要向林家談錢的事，就換他很沒面子了。

趙富坦白說：「我的面子沒有那麼大，有錢才好說話。」

「趙大哥，你就不能幫幫我嗎？我真的很喜歡千惠小姐，這是我唯一的表現機會。」王永剛不死心的求他。

趙富看著他一副急切的模樣，眼珠一轉，用消遣的語氣告訴他：

「老弟，像你這樣是討不到老婆的，要用用頭腦，這件事交給我幫你處理，保證讓你娶得如花美眷。」

「真的嗎？你要怎麼做？」王永剛眼睛一亮追問。

「你別問那麼多，只要記得你欠我一個大人情就好。」趙富胸有成竹的回答。

「那是當然。」王永剛再三感謝後離開。

趙富開始透過熟識的人脈，打電話先探聽林承杰目前的下落，還沒開始行動，換里長黃泰山上門，談的也是林家的事，趙富不禁露出得意的笑容。

「真巧，剛才我們所長才來拜託我這件事。」

「他也來？他不是為人很正派嗎？」黃泰山有些嘲諷的問說。

趙富輕描淡寫的回答：「他不是為了錢來的。」

「不然呢？」

「他喜歡林院長的二女兒。」

「枵狗肖想欲食豬肝骨。」黃泰山脫口說了一句台灣俗語。

「什麼意思？」趙富皺眉問。

黃泰山淡然一笑說：「這不重要啦！重要的是林院長說只要能救出他兒子，花多少錢都沒關係。」

「這確實很重要。」趙富狡猾的笑著。

「怎麼樣？你有辦法解決嗎？」黃泰山試探問。

趙富看了他一眼，挑明說：「有錢就有辦法，問題是你想分多少？」

黃泰山衡量了一下情勢，因為在他來找他之前，趙富已經知道這件事，所以他失去可以談判分紅的籌碼，也就隨意回答：

「見者有份，你多要一些給我就是了，什麼時候能安排讓林院長見他兒子一面。」

「想要多拿一些錢，就不能太容易讓他們見到面。」趙富露出要弄心機的微笑。

在趙富的一手安排下，承杰不但沒有得到保護，還被刑求承認加入共產黨，並招出曾參加嘉義機場戰鬥的幾位同學姓名，伯元無論如何請託各界人士幫忙說情，就是無法獲准探視兒子，到第三天晚上吃飯時，美慈坐在飯廳裡對著桌上的飯菜，幾近崩潰的哭喊：

「我的囝是生是死，為啥物一點仔消息都無？毋知伊有食否？有睏否？有予人扑否？是焉怎毋予咱去看伊？為啥物？」

這三天來她一直是寢食難安，情緒與體力已經快不勝負荷。

伯元過去摟著她，安撫說：「妳要較冷靜咧，煩惱也無法度解決問題，若無堅強，欲焉怎度過這個難關？」

美慈在丈夫懷中哭了許久，千惠也心情沉重的看著飽受折磨的父母親，世間最痛苦的就是眼見孩子受苦，卻無能為力的父母吧？她去拜託過王永剛，回訊說已經找到可以幫忙的人，卻還是沒有進展，一家人就像生活在地獄般難熬。

門鈴聲響，千惠趕緊起身說：「我出去看覓。」

千惠問明來人身分後，領著黃泰山和趙富一起進入客廳，美慈不待丈夫開口，急急的問說：「是毋是有阮囝的消息矣？」

伯元認得趙富，因為他被打斷肋骨就是送到慈愛病院由他治療，便開口關心問：「副所長傷勢好一些了嗎？」

趙富微笑回答：「林院長醫術高明，現在只剩不能大聲說話。」

「林院長，副所長已經知道你兒子現在人在哪裡了。」黃泰山主動報告說。

「在哪裡？」美慈和伯元同時開口。

「在台北警總的拘留所，我明天可以帶你們去看他。」趙富回答。

一聽說可以探視兒子，美慈喜極而泣的再三道謝。

趙富故意用平淡的語氣說：「先別急著謝我，能去看他是一回事，解決問題又是另一回事。」

伯元當然瞭解他話中的涵意，於是直白的告訴他：「先讓我們見孩子一面，其他的我們再商量。」

隔天早上六點鐘，伯元一家人坐上轎車去接趙富，直奔台北警總，趙富找到他在警總裡的朋友，安排他們在一個審問室等候，裡面只有一張長桌和幾把椅子，他們在那白色房間裡如坐針氈。

一個熟悉的身影被兩個彪形大漢架著走進房間，不但戴著腳鐐手銬，頭上還被套著一個布套，宛如死刑犯一般，美慈的心揪成一團，下意識伸手緊抓著丈夫的衣袖，深恐自己會昏倒。

犯人被拖到長桌前的一把椅子坐下，頭套一被拉開，美慈倒抽一口氣，立刻用一手掩住嘴巴不讓哭聲傳出。

伯元心痛如絞的看著已不成人形的兒子，不但鼻青臉腫，被銬著的一雙手十根指頭指甲都瘀青，指節還腫脹得無法彎曲，一身卡其色高中制服血跡斑斑，眼神滿是驚懼的四處張望，神志渙散到一時認不得眼前的親人，只顧著回頭哀求身後那兩個警總的人哭說：

「我承認我是共匪，莫閣扑我矣，我攏承認啦！」跟著又用國語說一遍。

「承杰！」千惠哭著呼喚弟弟的名字。

她連續喊他兩聲，他才如遭雷殛般靜止不動片刻，然後才緩緩轉身，面對父母和姊姊。

「承杰，你閣忍耐一下，多桑一定會想辦法救你出去的。」千惠哭著告訴他。

承杰突然清醒過來似，開始嚎啕大哭著說：「阿姊，我足痛的，妳要救我，妳緊救我出去。」

也許突然的情緒激動讓已經衰弱不堪的承杰身體無法承受，他不斷猛烈喘氣，接著翻白眼後整個人往後一蹬，站在他身後的兩個警總人員趕緊扶住他。

伯元衝上前去拍著他的臉頰，摸按頸部脈博檢查呼吸心跳，確定只是因為過度激動失去意識而已。

美慈淚流滿面的瞪視著那兩個警總人員，憤怒得全身發抖，咬牙切齒質問：

「恁敢是人？伊才幾歲耳耳，恁用這爾狼毒的手段虐待伊？」

趙富小心翼翼提醒說：「林夫人，妳兒子已經招供承認了，筆錄已經寫得很清楚，還在他的書桌裡搜到一本共產主義的書，可以說人證物證齊全。」

「誰是人證？叫伊出來對質，冊一定也是有人為著欲陷害伊囥的。」美慈因為氣急敗壞，無法用國語表達。

「他們是屈打成招。」千惠高聲抗議。

其中一位警總人員冷冷的說：「時間到了。」

還未清醒的承杰又被粗暴架起，強行拖出房間，美慈想衝上去阻攔，被丈夫緊緊抱住。

「承杰……。」美慈肝腸寸斷的哭喊。

「林院長，我們回去再說吧！」趙富低聲說。

＊

滿福嫂從市場回來，一臉猶豫的走進書房，告訴正在教世傳背《三字經》的千佳說：

「少奶奶，我哪會聽著一個奇怪的消息？」

「啥物消息？」千佳抬起頭看著滿福嫂。

「聽講恁小妹今仔日欲出嫁，毋知真的猶假的？」

「哪有可能我會毋知這件代誌？妳一定是聽毋對去啦！」千佳不以為意。

「可是有足濟人攏在批評。」滿福嫂囁嚅著說。

「批評啥？」千佳疑惑的問。

「批評講咱少爺死佇外省人的手，伊竟然閣欲嫁予外省人。」

「伊是欲嫁予誰物人？」

「講是欲嫁派出所的所長。」

「我毋相信有這款代誌，叫阿興準備車，載我返去看覓。」千佳站起身交代。她去換了一件黑色洋裝，叫阿菊照顧好世傳，坐上三輪車回娘家去，到門口她直接拿出家裡的鑰匙開門進去，客廳裡竟然坐著王永剛與王仁義父子，兩人都穿著西裝，胸前別著一朵紅色的紙花，她的臉色頓時變得十分難看。

陪王家父子坐在客廳的伯元看見千佳突然回來，神情也很錯愕，用不自在的語氣問她：

「妳哪會返來？」

千佳充滿怒氣的反問父親：「我袂使得返來呢？」

王家父子互望一眼，保持沉默。

伯元神情難堪的回答：「毋是焉爾講……。」

千佳不待父親說完，逕自走向千惠房間。

美慈正在幫千惠化妝梳頭，兩人看見千佳開門進來，都一臉訝異的神情，穿著一件紅色旗袍的千惠，驚慌的喊她：

「阿姊！」

千佳走到妹妹面前，用仇視的眼神打量她身上的大紅旗袍，語氣冰冷的問她：

「妳真正欲嫁予一個外省人？」

兩個姊妹一紅一黑的穿著形成強烈對比，美慈夾在中間為難的開口：

「千佳，這件代誌另日再講，妳先返去好否？」

千佳看著母親與妹妹，充滿恨意的回說：「無啥物倘好講，從今以後，我佮後頭斷路，到死我都袂閣倒返來。」

她神情決絕的走出千惠房間，經過客廳，看也不看父親一眼，直接往外走，王永剛情急的喊她：

「大姨子！」

千佳驀然回頭瞪他，恨恨的回說：「誰是你的大姨子？」

王永剛噤聲不語，伯元嘆了一口氣，這個時候，把承杰救出來是最重要的事，他暫時無法顧及千佳的心情。

那天從台北回來，趙富指點說自家人才好說話，所謂自家人就是外省人，他建議讓千惠接受王永剛的追求，嫁給他做妻子，由王永剛以承杰姊夫的名義出面送錢疏通，這樣才能取信警總裡面的高層，事情會比較容易解決。

伯元沒有應聲，千惠卻毫不考慮的答應，她親眼見到弟弟的慘狀，急著要將他救出來的意念勝於一切，別說要她嫁給王永剛，就算要她上刀山下火海她也願意。就這樣在趙富安排下，隔天王家上門來提親，媒人由趙富老婆擔任，再隔一天千惠就出嫁，什麼都是買現成的，雙方省略聘金和嫁妝，就為了正式結婚登記成為夫妻。

千惠出來拜別父母，坐上自家的轎車前往王永剛的宿舍，因為是非常時期，很多鄰居雖然好奇，卻只敢躲著看熱鬧，並且在背後嚴厲批評。

媒人拿著米篩遮在千惠頭上，牽引她走入王永剛的宿舍，在客廳向王仁義跪拜敬茶，王仁義趕緊將千惠扶起，用感謝的語氣對她說：

「孩子，委屈妳了！」

千惠忍住浮上眼睛的淚水，咬著牙根不語。王仁義拿出一個玉手鐲給她當見面禮，告訴她說：

「這是永剛母親留下來的，也是我們王家傳家的玉鐲，從今以後妳就是我們王家的人了。」

千惠心頭一陣酸楚，這裡曾是她暗戀的石原所長的住處，造化弄人，台灣從日本政府改為國民政府統治，反而遭受更多苦難，誰料想得到他們一家人都深受其害？

沒有宴客，午餐是王仁義下廚宴請趙富夫妻當做答謝媒人，下午他們即刻去戶政辦結婚登記，晚餐則是千惠洗手做羹湯，煮簡單飯菜給王家父子吃，王仁義飯後出門去教國語，留下兩個年輕人獨處。

「碗我來洗就好，妳一定累了，先去休息吧！」王永剛體貼的說。

千惠依言先去梳洗，換下旗袍改穿舒適的居家服，新房裡貼著王仁義剪的紙窗花和大紅喜字，她的心裡卻無半分喜悅，反而充滿惶恐。王永剛除了大她好幾歲外，論外表也算相貌堂堂，只是沒有愛情的婚姻，讓她不知道該如何自處，也不知道該如何面對這個已經成為她的丈夫的陌生男人。

王永剛在外面忙完所有的事，又進來拿換洗衣物，千惠先上床就寢，等他進來準備圓房時，她立刻拒絕說：

「等承杰平安回來再說。」

王永剛也不勉強她，只淡淡說了一句：「那就睡吧！」

千惠一夜難以成眠，娘家汽車來接他們歸寧，當然並無歸寧宴，伯元已經準備好兩個行李箱的紙鈔，由司機載王永剛和趙富去台北接回承杰，千惠一直在娘家陪父母等待，傍晚時分，承杰總算被帶回來，王永剛對千惠說：

「我先回去，妳什麼時候才要回來都沒關係。」說完便離開。

千惠幫忙母親將有些失神的承杰帶去浴間清洗乾淨身體，讓他躺在自己的床上休息，他喃喃自語著：

「這敢是在眠夢？」

千惠肯定告訴他：「毋是，你已經平安返來矣。」

「真正毋是眠夢？」他又問。

「毋是，你會當安心矣。」

承杰這才閉上眼睛，一會兒又驚醒，反覆許多次才真正入眠。

「這個可惡的政府，些個可惡的人，真正有夠無天良。」美慈在客廳裡咒罵著。

伯元眉頭緊鎖，嘆口氣說：「人會當返來已經是萬幸。」

「我欲返去矣。」千惠告訴父母。

美慈看了一下女兒，眼眶一紅，哽咽說：「妳以後是欲焉怎？」

千惠淡淡的回答：「妁囝大漢本來就要出嫁，恁毋免替我煩惱，好好照顧承杰。」

她牽出自己平時在騎的腳踏車，趁天色尚未全暗前回到所長宿舍，王仁義父子正在吃麵，她坐下來與他們吃了一小碗。

當晚她與王永剛圓房，把自己的一生交付給他。

十

一九五一年，第二季稻穀收成在十月秋末，黃澄澄的稻穀曝曬在土埕上，吸引許多麻雀停在屋角覬覦。

阿春拿著爪耙不時翻動稻穀，兼看顧想伺機偷啄的麻雀和雞隻，一面在心裡盤算著，到今天世傳已經六歲，不知長高多少？胖還是瘦？地主遵守承諾五年沒來收租，今年應該要來收了，會帶世傳一起來嗎？她真的很想看看孩子。

永隆從外頭跑回來，直接奔入房間，從床腳下的一個鐵盒子裡，拿出他父親做的陀螺，又匆匆往外跑，卻被母親叫住：

「你欲去佗位？干單知也蹉跎，毋准出去，佮我踮這顧粟仔，袂使予雞仔鳥仔來偷啄。」阿春訓斥他後，將手裡的爪耙遞給他。

永隆不肯接手，哀求著說：「妳家己顧就好啦！阿叔做予我的干樂去予人釘破去矣，我欲提阿爸做予我的彼粒干樂去揣佃報仇啦！」

阿春眼神凌厲的瞪了兒子一眼，用力將爪耙塞到胸前給他，警告說：

「閣講你就食箠仔枝，我欲出去剉寡柴返來，粟仔顧予好，敢走你就佮皮繃予緊。」

永隆不情不願的走到牛椆旁邊的一把矮凳坐下來，拾起地上的一根竹枝敲打地面，似在發洩心中的不滿。

阿春戴上斗笠綁好布巾，拿著一根扁擔與柴刀、麻繩出門，走路去溪邊砍樹枝。當她挑著一擔樹枝回來，只見有義和阿彩正忙著收稻穀，招弟牽著金環揹著剛出生的玉環站在一旁，看來剛哭過的樣子。

「永隆咧？」阿春將那擔樹枝先放在屋簷下。

阿彩立刻告狀：「伊佮代誌放予招弟做，家己走出去踅跎，阮招弟也欲顧囝仔，也欲顧粟仔，哪顧會去？毋知予雞仔鳥仔偷食偌濟去咧。」

有義抬頭瞪阿彩一眼，她嘟起嘴不說話。

阿春走進灶間，抄起門後的一根藤條，氣沖沖的出門找兒子。

永隆正在榕樹王公廟前和幾個孩子玩釘陀螺的遊戲，平常大家拿出來的陀螺都是普通木材刻的，較容易被釘破，破了的陀螺釘子得歸對方所有，永隆拿出父親做給他的瓊木陀螺後，已經贏到兩根釘子了，正準備向第三人挑戰。

他在自己的陀螺上纏棉繩，自信滿滿的準備給對手痛快一擊，邊得意笑說：

「這下你死定矣！」

他的對手先打出陀螺在地上旋轉，永隆將纏好棉繩的陀螺高高舉起，正要拼盡全力往地上那顆旋轉著的陀螺釘下去時，阿春已經來到他身後，揚起藤條對著他的屁股猛抽下去，永隆發出一聲哀嚎，摸著火辣辣的屁股又跳又逃，在場所有孩子都哈哈大笑起來，指著他叫嚷：

「你家己才死定啦！」

永隆跑給阿春追，阿春生氣的怒罵著：「你這個死囝仔，叫你顧粟仔你推予別人，干單想欲蹉跎，我飼你也是加食了米的，歸氣佮你揁予死好。」

永隆逃回家，發現阿公的牛車還沒回來，心想自己這次真的死定了，跑進客廳主動跪下來，趕緊向母親求饒：

「阿母！我以後毋敢矣。」

阿春扯住他上衣的後領，開始用力抽打他，邊抽邊罵：「這陣你才講毋敢尚慢矣，我看你是尚久無修理皮在癢，我今仔日一定要予你青尺青尺。」

永隆放聲哭嚎，只能左閃右躲的縮著身體，有義聞聲進來勸阻：

「好矣，好矣，教示一下就好矣，囝仔佗一個無愛蹉跎？」他攔住阿春拿藤條的手，護著永隆說。

阿彩卻在旁邊搧風點火：「囝仔細漢若毋教示，大漢欲教示嘛未赴矣。」

永隆對阿彩投以憤恨的眼光，阿春看在眼裡更生氣，更不得不繼續教訓他給阿彩看，因此繞過有義又狠狠抽了他兩下。

「佮我的話當做馬耳東風，看你以後敢猶毋敢？」阿春氣惱的訓斥說。

「阿母，我以後毋敢矣啦！」永隆哭得上氣不接下氣。

有義護著孩子提醒阿春：「嫂仔，妳干單這個囝耳耳，忍心扑佮這爾粗殘？若扑一下魁腳破相欲焉怎？」

阿春紅著眼眶，咬牙回說：「匱種子才著要曝予凋，細漢我講的話就毋聽，以後我咁敢佚望伊？」

土水駕駛牛車載圓仔一起回來，看見永隆被罰跪在客廳，圓仔立刻去將孫子拉起來，又看見他身上條條的血痕，心疼問說：

「是焉怎予恁老母扑？」

永隆只是抽噎著，圓仔進灶間舀熱水要給孫子擦臉，對沉默煮飯菜的阿春嘀咕：

「是有偌嚴重的代誌，要佮囝仔扑佮規身軀攏傷？」

阿春淡然回說：「囝仔毋聽話就要教示，袂使尚寵倖。」

阿彩也進來準備舀熱水，接口說：「嫂仔焉爾做是對的，人講倖豬夯灶，倖囝不孝。」

圓仔生氣的放下水瓢，對阿彩嘲諷說：「妳啥物時陣這爾敖講道理？」

土水照料好牛欸的飲水與草料，焚燒稻草和牛糞為牠驅趕蚊蟲，才進大廳洗手臉準備吃晚飯。

阿春端飯菜上桌，土水刻意對永隆說：「你要較聽話咧，知否？毋倘惹恁阿母生氣。」

永隆站在阿公身邊偷看母親臉色，點點頭。

「食飯啦！」土水帶著永隆上桌。

招弟一副愧疚的模樣在客廳角落餵金環吃米粥，不時偷瞄著正在吃飯的永隆，她得等到餵飽金環，阿彩沒事使喚她後，才能和養母與阿春阿姆一起吃飯。

永隆吃飽飯後去坐在埕尾吹風，一會兒後，招弟走到他身邊說：

「阿兄，失禮啦！我無佮粟仔顧予好，害你去予阿姆扑。」

「袂當怪妳，恁老母太敖使弄咧，無看我予人扑伊袂過癮。」永隆話裡還帶著一股氣憤。

招弟在他身邊坐下來，兩人一起看著前方的番薯園。

「阮養母的心肝真正足歹的，若毋是阮兜尚散赤，嘛袂佮我賣予𪜶做養女。」招弟懷著一絲恐懼，對永隆小聲說。

永隆記得三年前招弟來給叔嬸做養女的這件事，當時因為阿嬸入門一年多都沒有孩子，想領養一個女孩來招弟，阿叔邀來常在各村落出入的牛販仔宋做仲介，請他吃飯喝酒拜託幫忙物色，這個牛販仔宋一副圓滑模樣，拍胸脯保證一定會幫他們找到一個伶俐的，阿公不怎麼喜歡他的行事作風，背後批評說：「交官窮，交鬼死，交牛販仔加食了米。」

牛販仔宋仲介招弟來給叔嬸做養女其實就像買賣人口一樣，兩邊都收紅包，那天的情形他還記得一清二楚，他正坐在客廳的飯桌上寫功課，牛販仔宋半推半趕的將一個年約五歲的小女孩帶進來，小女孩用哭腫的雙眼看著他。

母親出來招呼他們：「恁先坐一下，阮小叔𪜶應該就欲返來矣。」

「在寫功課喔？」牛販仔宋在他對面的椅條坐下，隨口問。

「伊是誰？」他好奇反問。

「伊叫罔腰仔，欲來予你做小妹的。」

「𪜶兜蹛佇佗位？」

「以後這就是𪜶兜。」

女孩聽見他們的對話，突然又放聲大哭，牛販仔宋立刻板起臉來恐嚇她：

「叫妳袂使得哭妳是聽無呢？閣哭妳就討皮痛。」

女孩一聽，因為害怕收起哭聲，卻還是不停抽噎著，牛販仔宋抬起手嚇唬著要打她，他忍不住大聲嚷說：

「你莫佮伊扑啦！」然後從書包裡拿出牛皮紙包著的兩顆糖，走到她身邊告訴她：「我這有兩粒糖柑仔，一粒分妳。」

他拿了一顆糖遞給她，她猶豫一下才拿過去放入嘴裡。

她原來的名字叫罔腰仔，叔嬸給她改名叫招弟，當天夜裡隔著一片牆壁，他一直聽見招弟的啜泣聲傳過來，加上阿嬸的低聲斥責：

「妳是在哭衰的喔？閣哭我就佮妳趕出去。」

他對招弟深感同情，想著若是自己離開母親身邊，心情應該也會如此悲傷惶恐吧？不禁撒嬌似鑽入母親懷中緊抱著她。

永隆很看不慣阿嬸的尖酸刻薄，總會偷偷照顧她，招弟因為有永隆的關心，才能很快適應在蔡家的生活。在阿彩還沒生下金環以前，白天他們夫妻出去工作，招弟就成為阿春的小幫手，阿春小時候也曾在大戶人家幫傭過，對招弟的處境多了幾分疼惜，讓她心靈得到不少安慰。可惜招弟並沒有為養母招來弟弟，阿彩相繼生下金環與玉環，小小年紀的招弟就要負責照顧兩個妹妹，讓養母可以放心去工作，其實這也是在算計阿春，因為她知道阿春一定也會盡力幫忙。

「招弟啊！妳猶毋死入來，是佇遐在創啥？」壞嘴巴的阿彩站在門口屋簷下喊著。

「我欲入來去矣。」招弟驚慌的站起來，匆匆往屋裡跑去。

蔡家準備將曬乾的稻穀載去交農會，有義和土水把一袋一袋的稻穀扛上牛車，每個麻布袋都裝得鼓鼓用布袋針封口，疊得滿滿一牛車。

剩幾袋在儲藏間時，有義停下來問：「敢無要家己留幾袋仔？」

「偷拈偷掩，一世人缺欠。」土水說了一句訓斥兒子的俗語。

有義不敢再多說，老實將所有稻穀搬上牛車。

在去農會的路上，土水告訴兒子：「像咱的地主這爾有量的人已經無地揣矣，伊嘛遵守約定，五年無佮咱收租，做人袂使軟土深掘。」

「今嘛政府為著欲照顧農民，已經在推行三七五減租，若欲照規定，是袂使得做四六分矣。」有義提醒父親。

「這等地主來，會使得佮伊講。」土水同意。

他們去農會交完稻穀，拿到磅單後，回程經過村長家，土水順便給地主打電話：

「頭家，今年要來收租矣，粟仔已經載去交農會，你啥物時陣欲來？」

進丁在電話那頭幽幽的說：「已經五年過去矣，日子在過嘛有夠勁。」

「是啊！」土水的語氣有很深的感慨。

「我會揣時間過去，再佮你通知。」進丁說。

土水刻意關心的問：「敢欲攑孫做夥來踥跎？」

他知道這是媳婦最在意的事。

「我研究看覓。」進丁語氣保守的回答。

回到家，趁著阿彩出去工作還沒回來，土水告訴阿春這件事，阿春抱著希望說：

「伊有答應我，講若來收租的時陣，欲順續攑囝仔來予我看，伊應該袂騙我才對。」

土水肯定說：「咱的地主是一個真講信用的人，應該會遵守約定才對。」

三天後的傍晚，村長透過廣播呼叫土水去接聽電話，回來後告訴阿春：

「這禮拜六囝仔無上課，會攑伊做夥來。」

阿春喜出望外，開始期待著星期六的到來。為了迎接地主祖孫，當天早上餵雞時，圓仔捉了一隻肥大的公雞來宰殺，永隆和招弟都蹲在一旁看阿嬤殺雞，只見圓仔一手抓住兩邊雞翅，連同雞脖子都扭握在手中，先拔掉下刀部位的羽毛，一手持刀喃喃唸著：

「做雞做鳥無了時，後世人出世去做好額人的囝兒。」

接著菜刀從雞脖子一劃，馬上倒提雞身，讓雞血均勻流灑在一盤白米上，永隆馬上高興的說：

「我愛食雞血。」

抱著玉環在旁邊餵奶的阿彩聽見，立刻接口說：「這毋是欲予你食的，是欲請人客的。」

「請人客我嘛會使得食啊！」永隆故意頂嘴說。

阿春灶上的水已經燒熱，出來要捉雞進去燙熱水除毛，訓斥兒子一句：

「囝仔人有耳無嘴。」

永隆站起來，跑去看阿公在牛車上搭草棚。

「阿公，你搭這欲創啥？」他好奇的問。

「因為等一下地主會攞孫做夥來，個孫猶細漢，我欲去車站載個，焉爾才袂曝日。」土水解釋。

他在牛車的四個角落各綁一根半人高的竹竿，再剖竹片夾好牛欸吃的蔗尾，做成可遮陽的屋頂，一個簡易的草棚就完成。

「你去搬兩條低椅仔來。」土水吩咐永隆。

永隆立刻去搬來，還對土水說：「阿公，我佮你做夥去。」

土水牽出牛欸，給牠套上牛車擔，祖孫倆一起出發，去庄頭的客運車站牌接地主祖孫來做客。

灶間裡阿春已經忙了一上午，除了殺一隻自己養的土雞，圓仔還去廟口等菜車來，買一條三層肉和一尾虱目魚，阿彩抱著才幾個月大的玉環走來走去，偶而說出的話總是讓人感到刺耳：

「欲輸在迓王爺拜拜赫鬧熱。」

阿春不理會她的冷嘲熱諷，心中只歡喜想著將要見到世傳的這件事，她最後一次見到他是在博文的出殯日，她沒有露面，只是躲在遠處觀望，看著完全不懂人事的他，為父親送行。想到博文的死，她的內心還是會隱隱作痛，她對他的愛完全無法言說，就像她對世傳的愛也一樣。

土水把牛車停在站牌下等候，永隆詢問：「阿公，要等偌久個才會來？」

「就欲到矣啦！」土水淡淡回說。

永隆坐不住跑去路邊拔青草餵牛欶，片刻後一部客運車駛近停靠，進丁牽著世傳的手走下車門。

「世傳，你要叫個阿公佮阿兄。」進丁教導孫子和他們打招呼。

穿著特別裁製的黑西裝褲加吊帶與白色襯衫，打著紅色領結的世傳就是十足小少爺的模樣，他恭敬的照著進丁教的稱呼叫他們，土水也就教永隆也要稱呼進丁為阿公。

「阿公好。」永隆禮貌問候。

「你敢猶會記得我？」進丁微笑問他。

永隆抓抓小平頭，靦腆的回答：「干偌有看過。」

他還記得一些人和事，只是印象是片斷的。

世傳因為從來沒坐過牛車，感覺很新鮮，永隆彎腰走過去坐在他身邊，問他：

「你敢會曉唸囝仔歌？」

世傳回答：「我干單會曉背《三字經》。」說著就背起來：「人之初，性本善，性相近，習……。」

永隆愣愣的問說：「我聽著哪會感覺足熟識？」

進丁解釋：「因為恁老父破病住院的時陣，你佮恁老母捌住過阮兜，世傳的媽媽有教你唸過。」

「原來我佮世傳個媽媽捌見過面喔？」永隆覺得很新奇。

「阿兄，你教我唸囝仔歌好矣。」世傳要求。

「好啊！」永隆答應，想了一下說：「我先教你唸〈天烏烏〉。」

牛鈴聲由遠而近，伴隨著孩童歡唱聲傳來，阿春放下切菜的菜刀，跑出灶間站在門口張望。當牛車駛入土埕上停妥，看著坐在上面那個她心心念念的孩子，阿春眼裡逐漸泛起一層水霧。

永隆拉著世傳跳下牛車，帶他走到阿春面前介紹說：「這個是我的阿母。」

世傳不好意思的偷問永隆：「我要叫伊啥？」

阿春笑著告訴他：「你叫我阿姨就好。」

「阿姨好。」世傳規矩的問候。

進丁朝他們走過來，阿春感激的說：「頭家，多謝你。」

「這是應該的。」進丁微笑回答，又帶著歉意說：「這五年予妳等真久。」

阿春搖頭，抬起手用衣袖拭淚。

世傳奇怪的問：「阿姨哪會在哭？」

阿春立刻否認：「我無在哭，是予風飛沙暎著目睭。」

「佮我來去耍干樂。」永隆又拉著世傳往房間去。

進丁看著兩人的背影，有感而發的說：「兄弟就是兄弟，一見面自然就足親。」

阿春回灶間繼續煮飯菜，圓仔端一壺有放茶葉的茶水招呼進丁去客廳喝茶。

有義迫不及待的開口：「頭家，你敢知也今嘛政府在推行三七五減租的代誌？」

「有聽我的朋友，就是俍在做這塊地的前地主添財講起。」進丁閒聊著說。

其實添財對這件事憤憤不平，沒有地主會願意減租，只是基於對這個政府的強權畏懼，沒有人敢反對而已。

「若焉爾……咱以後的地租……。」有義支吾著說。

進丁很乾脆的回答：「就照政府的規定來算就好。」

「頭家，真多謝你對阮的照顧。」土水感激的說。

進丁由衷客氣的回說：「老兄弟，莫講啥物照顧啦！就是有緣才會熟識，大家互相啦！」

永隆在外面的土埕上準備教世傳打陀螺，招弟帶著二歲的金環在旁邊湊熱鬧。

「頂擺阮阿叔做予我的干樂去予人扑敗，釘破去，我提阮阿爸做予我的干樂去挑戰，扑敗兩個人，得著兩支釘仔返來，阿叔閣幫我做兩粒干樂，我送一粒予你。」永隆將自己裝寶貝的鐵盒放在地上，打開來給世傳看，很得意的說著。

「我欲這粒。」世傳伸手拿起其中一顆。

「袂使得啦！這粒是阮阿爸欲死近前做予我的，是干樂王呢！袂使予你啦！阮阿叔做的這粒送你無要緊。」永隆拿起另外一顆給世傳，換回他挑選的那顆。

世傳天真的問說：「恁老父亦死矣喔？阮老父嘛死矣，咱同款攏無老父。」

「恁猶有老母倘惜，我啥物攏無。」招弟感傷的接口。

「妳哪會這爾可憐？」世傳看著招弟說。

永隆也拿一顆給招弟說：「這粒借妳，來，我教恁耍干樂。」

他分給他們各自一條粗棉繩，示範教導他們如何纏棉線在陀螺上，如何把線頭纏著手指，再把陀螺甩在地上順勢拉扯棉線，讓陀螺在地上不停轉圈，可是招弟和世傳兩人動作生疏笨拙，陀螺總是無法站立轉動，連續數次都橫躺著打圈圈，讓永隆看得哈哈大笑，兩人一陣哀聲嘆氣。

阿春煮好飯菜端上桌，呼叫孩子們去洗手吃飯，永隆歡呼著說：

「食飽我撮你來去廟口耍。」

土水、有義、永隆上桌陪地主祖孫吃飯，阿春平常總會另外煮一小鍋要餵金環吃的粥，今天因為太忙忘了，阿彩不悅的抱怨：

「焉爾是欲叫囝仔食啥？」

「歹勢，我這陣隨來去煮。」阿春歉然說。

「已經兩歲矣，會使予食飯矣。」圓仔開口冷冷的說。

「大部分攏番薯簽，哪有夠營養？」阿彩回嘴。

「別人相同焉爾食，妳的囝無較寶貝。」圓仔堅持說，阿春為難的站在門邊。

有義趕緊出聲命令阿彩：「去佮囝仔飼飯啦！」

阿彩沒地方出氣，就吼招弟說：「妳是袂曉去貯飯喔？」

進丁沉默著，表情有些許沉重，土水不好意思的招呼他：「用飯菜啦！無啥物好招待的，莫客氣啦！」

阿彩叫招弟餵金環吃飯，自己回房間去給玉環餵奶，沒有阿彩在客廳，氣氛頓時輕鬆很多，永隆夾了一塊豬肉給招弟吃，世傳也把自己的雞腿讓給她，招弟狼吞虎嚥的吃下肚，就怕養母回來看見又要罵，這是她到蔡家以來，吃得最好的一餐。

才吃飽飯，永隆就急著想帶世傳出去玩，進丁勸說：「透中晝，拄才食飽，先休睏一下，才袂熱著。」

永隆回答：「阮欲來去廟口的大榕樹跤踥跎，袂熱啦！」

兩人帶著陀螺和彈弓往外跑，招弟只能用羨慕的眼光看著他們出去玩。

永隆去榕樹王公廟的路上，順道呼朋引伴找來愛啼祥仔和村長的孫子阿貴，以及另外兩位村童出來一起玩，大家在樹下玩陀螺玩膩了，阿貴提議：

「咱換來耍扣碗公好矣。」

「啥物是扣碗公？」世傳不解的問。

「等一下你就知。」阿貴回說。

大家都往廟旁一條圳溝跑去，世傳也跟著他們跑，圳溝土堤是黏質的泥土，最適合捏泥巴玩。永隆教世傳挖起雙手合捧的一團黏土，帶回榕樹下像揉粿粹般揉出筋性，再做成一個碗公形狀。

「等一下出力佮伊扣佇土跤，碗會破孔，細孔的算輸，要拈一塊土扑平補人大孔的。」永隆邊做土碗邊向世傳解說遊戲規則。

「我袂曉。」世傳無助的說。

「耍兩擺你就會掠著楣角。」永隆輕鬆說。

「好未？」阿貴問。

「好……好矣！」愛啼祥仔有些口吃的說。

永隆先指導世傳把他做的碗公放在一隻手掌中，他自己也拿著自己做的，再看看其他人都準備好了，才回答阿貴：

「好矣，準備。」

所有的孩子一起大聲唸著：「碗公擯破就要賠！」說完舉起拿土碗公的手，拼盡全力往地下摔，因為空氣擠壓的關係，各自發出「啵」的響聲，露出大小不同的破洞，只有世傳的碗公因為捏得太厚，甩下去的角度與力道也不對，所以「噗」的一聲，變成完全沒破洞的一團泥土，引起所有人的嘲笑：

「哈！落屎！」阿貴指著世傳摔成一團的泥巴笑著。

「你……輸……全部……的人。」愛啼祥仔也跟著笑。

世傳自己看著也覺得好笑，問永隆：「欲焉怎賠？」

永隆替他捏一小塊泥土拍成薄薄的一片，給在場所有人的碗公破洞都補起來。

「原來是焉爾，足好耍的。」世傳開心的說。

阿貴笑他：「等一下你就輸佮褪褲矣。」

「我幫你做，碗公要做較薄咧，破較會大孔。」永隆小聲對世傳說。

扣碗公勝利的關鍵在碗公要捏得厚薄適中，太厚難破洞，太薄容易垮，反而更難掌握。

永隆做好後交到世傳手中，叮囑說：「提予好。」

等大家都重新做好一個碗公，再次齊聲唸著：

「碗公損破就要賠！」

賠字一出，所有的碗公再次倒扣在地上，世傳彎腰狠狠摔出那當下，碗公不但發出響亮的聲音，破了一個大洞，更因為空氣擠壓造成泥屑噴射，讓自己的白襯衫瞬間變得斑斑是泥。

世傳高舉雙手發出歡呼，永隆看著他的衣服發愣，阿貴說風涼話提醒：

「你害矣，返去會予恁阿母修理。」

世傳不以為意，只顧著說：「這擺我通贏，換恁要賠我。」

「是……永隆……要通賠。」愛啼祥仔指著永隆的土團大笑。

因為顧著世傳，永隆自己反而失手。

「哈！哈！永隆家己落屎，伊是落屎龜。」

一會兒，招弟來叫他們回去，說世傳阿公要回北港了。

「以後再閣來佮恁耍。」世傳向大家揮手。

永隆把世傳帶回家，阿春看見他一身泥巴髒兮兮的模樣，吃驚的責備永隆說：「你是佮伊撮去佗位蹓跎？哪會耍佮規身軀烏馬馬？」

進丁微笑說：「無要緊啦！查埔囝仔生成焉爾，阮要去趕車班矣。」

土水已經套好牛車，進丁帶著世傳坐上去，永隆還是陪著一起去庄頭的客運站牌搭車。阿春走到車邊，依依不捨的對世傳說：「明年要閣來蹓跎喔！」

世傳用力點頭回答：「我一定會閣來。」

千佳坐上三輪車，打算去車站接公公和兒子，她其實可以在家等候就好，但感覺有些無聊，想說利用機會出來走走也好。她叫阿興經過她娘家的時候停一下，她繞著外牆走一圈，醫院和住家都已人去樓空，她的父母和弟弟已於前年搬離北港，嫁給外省人的妹妹千惠也跟著丈夫調動離開這裡的派出所，回想小時候在這裡成長的點滴，幸福與歡笑的日子好像都不長久。

她曾經怨恨過嫁給外省人的妹妹，也埋怨同意妹妹嫁外省人的父母，因為丈夫死在外省人手中，她對外省人恨之入骨，觀念已難改變。但當她逐漸知道娘家發生什麼事，弟弟承杰因為被誣陷刑求，供出幾個參加嘉義機場戰鬥的同學名單，因而讓二二八事件又多添幾條冤魂，無法承受這種身心折磨的承杰，言行舉止開始失常，為了逃避大家異樣的眼光，父母決定結束慈愛病院業務，帶著承杰離開傷心地，到高雄展開新生活。

短短幾年間人事全非，丈夫死亡沒來得及話別，對父母、妹妹的誤會也沒來得及化解，都在心中留下一些遺憾。

「少奶奶，頭家佃的車班應該就欲到矣。」阿興過來提醒她。

千佳走回三輪車，阿興奮力踩踏前往車站，剛到未久客運車即靠站，進丁帶著世傳下來，他看見母親也來接他，一坐上三輪車就開始向她稟告去榕樹王庄有多麼好玩，千佳看著他一身泥巴污漬，溫柔的問說：

「永隆揣你去耍啥？耍佮規身軀攏土？」

「阮佇廟口耍扣碗公，我有一擺通贏喔，連阿兄都輸我。」世傳興奮的說著。

「你叫伊阿兄？」千佳皺著眉問。

「阿公叫我焉爾叫的，媽媽，我明年欲閣佮阿公去庄跤蹉跎。」世傳天真的對千佳說。

千佳不置可否的沉默著。

回到家裡，千佳親自為世傳洗澡，換上乾淨的衣褲，和公公一起吃晚餐。出去玩一整天的世傳也累了，吃飽飯就說要睡覺。千佳帶他回房間，自從丈夫過世後，她就辭掉奶媽，親自照顧兒子，母子過著相依為命的生活。也因為有兒子可以依靠，所以才能度過那段難熬的日子。

她陪世傳躺在紅眠床內，趁著他還沒睡著前，她又試探的追問：

「永隆個媽媽你叫伊啥？」

「阿姨。」

「伊對你好否？」

「足好。」

「焉怎好？」

世傳不會回答，也真的睏了，只含糊的說了一句：

「伊在哭，講目睭暎著沙。」

看見世傳睡著的臉，五官依稀有丈夫的影子，回想丈夫過世時，阿春來靈堂拈香，那悲痛的哭聲還清楚停留在她的記憶中。她知道阿春明明也深愛著博文，卻寧願壓抑那份愛成全她的婚姻，是這份誠懇與信守承諾，讓她同意讓公公帶世傳去收租，給阿春可以見孩子一面的機會。

世傳是陳家唯一的血脈，也是她和公公心靈的寄託，曾經她對借腹生子這件事也怨對過，如今卻不得不對阿春有一分感謝，因為有世傳，他們的人生才能有希望的寄託。

十一

一九五二年春天，牛欸又產下一頭小牛，從傍晚陣痛到半夜生產，整個過程永隆都興奮參與，和阿公睡在牛椆旁的小房間裡，不時起來察看，隔天去學校上課因為睡眠不足打瞌睡而被老師罰站，但是下課後他便一直和愛啼祥仔、阿貴說個不停。

「咱以後又閣會當做夥去放牛食草矣。」這是他最喜歡做的事。

兩年前牛欸生下第一頭小牛時，他視小牛為寵物，每天放學一定順便割一些嫩草回去餵牠，每天黃昏時祖孫倆一老一少，照顧一大一小的牛隻，他等於也在跟阿公學習如何照顧耕牛。

「牛對做穡人來講，是佮傢伙平重要，犁田載重，若無牛來湊出力，生活絕對袂當輕鬆，所以咱對牛一定要疼惜。」

「牛出世毋是自然會做穡，牛仔囝佮囝仔同款攏要教。」

為了訓練小牛，土水打算去一趟北港牛墟，永隆吵著要同行：

「阿公，你等我放假佮你做夥去啦！」

「要透早天未光近前就出門，你敢爬會起來？」

「會啦！我佮你做夥睏牛椆邊，你叫我就起床。」

「踏車仔要騎足久呢！你會愛睏。」

「無要緊啦！我想欲佮你做夥去啦！」

結果祖孫倆摸黑出門，不到半路永隆就開始打瞌睡，土水怕他跌下去，只好用繩子將他綁在身後，永隆臉貼著阿公後背睡得很沉，直到牛墟土水才將他喚醒。

天亮後正是牛墟上市最熱鬧的時間，牛叫聲混合著生意人的叫賣聲嘈雜不絕於耳，永隆頭一次來到這種市集，處處覺得新鮮有趣，直往人叢裡鑽。

「你莫胡白走，會予人撮去賣喔！」土水警告他。

永隆索性抓著阿公的手，像頭小牛拉著犁頭亂竄，看見牛在試車，他也跟著大人坐上去湊熱鬧。

給牛試車的牛車沒有輪子，只有兩道橇軌，牛車上坐滿被牛販招呼上來的人，為了展現牛隻的實力，牛販開始鞭策那頭赤牛，只見牠開始往前邁步，因拚命出力牛臉上條條青筋暴露，卻還是走沒兩步就無法再繼續向前。

牛販又抽了兩鞭，牛車還是止住不前，買方失望的說：「好矣，好矣，臭彈一哺，根本是一隻軟腳牛。」

大家跳下車，有人批評說：「我看這隻牛尚老矣，無路用矣。」

永隆問土水：「阿公，牛若老，無人欲買，會焉怎？」

土水有些感概的回答：「會予人賣去刣肉啊！」

「焉爾毋是足可憐？替做穡人犁田拖車，老矣閣要予人賣去刣肉，咱袂使這爾無情對待咱牛欸。」永隆態度堅定的說。

土水摸著孫子的頭，答應說：「好，牛欸這爾辛苦幫忙咱，咱袂使得對伊忘恩背義，所以你也要答應阿公，一世人袂使食牛的肉。」

永隆也用力點頭答應。

祖孫兩人走到一攤賣牛用具的攤子前停下來，永隆不斷指著攤子上的各種器物問明用途，有馱在牛頸方便拉車的牛軛、套住牛嘴防止牛偷吃的牛嘴籠、防止牛蹄磨損穿的牛鞋。

最後土水選購了牛繩、牛鼻環、仔牛戴的牛嘴籠，還有給仔牛貫牛鼻的鑽子工具。

永隆在旁邊把玩著一顆黃銅打造的牛鈴，那牛鈴輕輕搖動便發出悅耳的聲音，在阿公準備算錢給攤販時，他趕緊開口要求：

「阿公，買兩粒這種鈴嚨仔予牛仔囝掛好否？」

「牛仔囝無欲拖車，掛鈴嚨仔欲創啥？」

「以後我若牽牛去食草，聽鈴嚨仔聲就知也伊佇佗位。」

「牛仔囝飼大隻就欲賣人，莫加開錢啦！」生性節儉的土水拒絕說。

永隆哀求說：「好啦！阿公，若無買一粒就好。」

禁不起孫子哀求，土水只好答應買一顆給他，永隆高興的拿著那顆銅製表面有紋路的圓形牛鈴猛搖著，笑得合不攏嘴。

那天傍晚他們為牛欸的第一頭仔牛貫牛鼻，快周歲的公仔牛已經很有力氣，土水和有義合力將牠綁在路口那棵黃槿樹的樹幹上，小牛不斷掙扎哞哞叫著，永隆在旁邊安撫牠：

「牛仔囝乖喔！免驚，免驚，一下仔就好矣。」

有義抓著小牛的鼻嘴讓牠仰起，邊喝斥永隆：「閃較開咧，莫予牛踜踢著。」

土水一手拿鑽子，一手在牛鼻孔裡摸索，確定鑽孔的軟骨位置後，吩咐有義：

「掠予好喔！」

永隆睜大眼睛看著阿公摒氣凝神，拿著鑽子對準軟骨位置用力鑽刺，小牛痛得猛力揚頭，張大鼻孔直噴氣，一對無辜的牛眼充滿驚慌的看著永隆，鼻血噴濺在牛臉上，與流下的眼淚混合在一起。

「牛仔囝在哭呢！伊一定足痛的，阿公，是焉怎一定要貫牛鼻？用索仔縛伊的頷頸就好矣。」永隆不捨的說。

土水將牛鼻環穿過剛鑽的洞，又在鼻環的左右兩邊各繫上兩條繩索，繞過牛耳後打個繩圈，再綁上牽繩。

「若無佮牛鼻拎咧，哪有法度牽伊會行，予伊會聽人話？」

有義放掉小牛，土水將牛繩交給永隆，小牛想要跑走，被牛繩拉扯鼻環止住腳步，乖乖讓永隆牽回牛椆。

永隆拜託母親幫他結上牛鈴，阿春提醒他：「牛仔囝拄才貫牛鼻，要先綁兩日予伊慣習，孔嘴袂使予發炎。」

「我去提藥仔來佮伊抹。」

永隆跑去客廳翻找藥包袋，找出一小瓶外傷藥膏去幫小牛鼻孔擦藥。

土水看了感覺好笑說：「家己也會做醫生喔！」

永隆認真的回答：「我以後欲做醫人的醫生，毋是獸醫。」

「這爾有志氣？」有義笑著問。

永隆神情堅定的回答：「因為阮老父破病無錢倘醫，所以我決定欲做一個會當幫助散赤人的醫生。」

土水紅了眼眶，摸摸孫子的頭，哽咽的說：「乖孫，阿公一定會栽培你讀冊做醫生，替咱蔡家光宗耀祖。」

小牛鼻孔的傷口痊癒後，永隆有空就會去放牛吃草，在野外聽著悅耳的牛鈴聲，感覺心情特別舒暢。

牛販說如果小牛教會拖車再賣，可以賣到更好的價錢，所以土水用一個四方形的大竹籃，底下加兩根木棍做了一個類似拖車的裝備，讓永隆慢慢訓練小牛拖重物，從空籃開始拖起，慢慢增加重量，直到可以犁田拖車才賣掉。小牛要交給牛販時，永隆取下牛鈴，摸著小牛的頭依依不捨話別：

「牛仔囝，你去人遐要乖乖聽話，認真做穡，焉爾主人才會疼惜你喔！」

小牛彷彿也知道即將別離，低著頭讓他撫摸。永隆看見牛販交給阿公一筆不少的金錢，雖然有些捨不得小牛，卻也感到有股成就感。後來牛欸又再交配，經過一年的孕育，才生下這第二隻小公牛，他期待著能重溫照顧與訓練小牛的過程。

家裡添了小牛讓永隆一下課就急著趕回家，剛出生的小牛還在吸母奶，永隆割回來的牧草先餵給牛欸吃，剛生產完的牛欸也需要休養一陣子，好好補充營養，他看阿公還沒回來，主動負起照顧牛隻的責任，才十歲年紀已經像個小大人的模樣。

招弟見他回來，會過來找他說話，她的工作就是幫嬸嬸帶孩子，嬸嬸不讓她去讀書，說她是用錢買回來做事的，完全把她當成小女傭而不是養女對待。永隆雖然看不慣嬸嬸的刻薄，也不敢目無尊長為招弟打抱不平，看她那麼想唸書的樣子，只能把自己一年級的課本借給她，有空就教她讀書認字。

「阿兄，你今仔日毋免寫功課呢？」

「要啊！我先飼一下牛欸，再來去寫。」

「你若寫完功課，教我注音符號的拼音好否？」

「所有的注音符號妳攏學會矣呢？」

招弟認真點頭，指著屋簷前方說：「我佮所有的注音符號攏暗寫佇遐，你會使檢查看有毋對也無。」

「妹妹咧？」

「金環佮阿姆佇灶腳蹉跎，玉環阮阿母揹出去，因為伊今仔日出去較遠的所在做穡，我無法度揹去予伊飼奶。」

永隆邊剷著牛椆內的牛糞，邊和招弟對話：「好，我佮功課寫完才佮妳教。」

他今天的功課不算多，很快寫完就開始教招弟國語注音符號的拼音。成績都是班上第一名的他，獎狀因為無法貼在土牆壁上，所以阿公都用一個木盒收著放在祖先牌位的案桌上，每次只要他又帶回獎狀，阿彩的態度總是充滿嫉妒。

「公媽攏偏心𪜶這房的款。」她會酸溜溜的這樣說。

晚飯時，有義對土水提起：「聽講大松伯有一塊地想欲賣，咱敢欲佮買？」

「我驚錢猶無啥夠。」土水顧慮著說。

「先佮農會貸款，等牛仔囝大隻賣去再還就好。」有義建議。

土水立刻反對：「賣牛的錢是欲留予永隆讀冊用的。」

圓仔趁機挖苦阿彩：「哪毋叫恁某提私奇錢出來貼，伊出去做工趁的攏無交半仙出來，食，食俺爹，趁錢私奇，伊攏真敖算。」

正在旁邊給玉環餵奶的阿彩，立刻垮下臉說：「佇這個茨內，阮翁做的攏落公，要趁飼一大家人，我敢毋免趁寡私奇顧家己？因為我感覺恁攏偏心嫂仔佃母仔囝。」

圓仔生氣反駁：「啥物叫做趁飼一大家人？干單恁就鎮幾個人矣？是誰在飼誰？」

「好矣，莫講矣！」土水制止兩人再吵嘴下去。

有義商量著說：「先提來貼咧買地，做穡的收入同款會當負擔永隆的學費。」

坐在旁邊沉默著的阿春慎重的開口說：「我贊成阿叔仔的意思，有忠在生就一直怨嘆做田佃無家己的土地，一世人無出頭的機會，若會使得，咱就要先買地才對，栽培永隆的代誌慢慢扑算就好。」

既然阿春也同意，土水夫妻就把所有的儲蓄都拿出來買下大松要出售的土地，那是他們辛苦一輩子才擁有的農田，拿到地契的當天，土水把地契放在祖先牌位前上香稟告，流下激動的淚水。

＊

添財帶著金枝和玉蘭來陳家找進丁喝茶，世傳見到玉蘭很高興，立刻提議要去書房下棋，他從小唯一的玩伴就是玉蘭而已，千佳從不允許世傳出去跟外面的孩子玩在一起，應該也是一種保護心理，即使他現在已經上小學，她也不允許他和同學相約出遊，就怕有什麼意外發生。

玉蘭和世傳讀同一間小學，因為男女分班，所以分在不同班級，兩人的成績同樣優異，常常還會互相比較，但玉蘭似乎更勝一籌，全校排名從未在三名外。

「恁萬成哪會攏無聽講欲娶？」千佳只是隨興問了一句。

金枝與添財互望一眼，兩人神情都有些難堪。

「兒孫自有兒孫福啦！」進丁瞭解內情，說話解圍。

金枝怨嘆著說：「好囝的是命短，歹囝的是放蕩，我真正是有夠歹命啦！」

千佳有些尷尬不知如何應對，求救般看著公公，進丁又說：

「萬成無算啥物歹囝啦！少年較袂曉想，年歲有就會穩重落來。」

「自從政府推行三七五減租，我就佮收租的代誌攏交予伊去處理，家產早慢攏要交予伊，總是要予伊先負起責任。」添財語重心長的說。

進丁贊同他的做法：「焉爾做是對的，先佮責任放予伊，漸漸伊就會曉想。」

世傳突然帶著玉蘭跑出來，央求進丁說：「阿公，我想欲撮玉蘭去庄跤揣永隆兄𨑨迌，敢會使得？」

進丁有些訝異，問說：「哪會想欲去庄跤耍？」

「庄跤足好耍的，玉蘭毋捌耍過扣碗公，我想欲撮伊去庄跤佮永隆兄做夥蹉跎。」

進丁看了媳婦一眼，為難的對孫子說：「這要由恁媽媽決定。」

世傳立刻轉向千佳詢問：「媽，敢會使得予我去？」

添財偷偷問進丁：「伊是想欲去榕樹王庄？」

進丁點點頭，用眼神示意他別多說。

「庄跤有啥物好耍，恁若想欲去蹉跎，休熱我撮恁去台北好否？」千佳提出另一個建議。

「毋要啦！我想欲去揣永隆兄蹉跎，拜託啦！」世傳哀求著。

當著添財夫妻的面，千佳不想讓他們認為她心胸狹窄，又不太情願讓世傳太常去和阿春母子見面，猶豫片刻，就給兒子出一個難題：

「你這學期成績若會當全校第一名，我就予你去。」

世傳似乎有些沒信心，卻還是答應，並附加一個要求：「好，但是要予我去蹉跎三工。」

千佳看著兒子眼中熱切渴望的神情，只得點頭同意。

世傳開心得像已經可以去找永隆玩，拉著玉蘭又回書房去，邊向她炫耀：

「佮永隆兄做夥真正足好耍的，伊會教咱足濟好耍的代誌。」

金枝看著千佳，肯定的說：「加一個人疼惜加一分福氣，生的請一邊，養的功勞較大天，囝仔攏是飯碗親，妳毋免驚後生佮妳袂同心啦！」

進丁趕緊向媳婦保證：「阿春答應袂佮囝仔相認，妳毋免煩惱。」

千佳只是微笑不語，心頭還是有些苦澀。

立下目標後，世傳每天都很認真讀書，平常考每科都滿分，到期末考也是，終於如願以償拚到全校第一名，開始計劃去榕樹王庄度假的事，進丁為他們選了一個日期，打電話通知土水，千佳為表現自己的氣度，準備許多伴手禮品，親自雇車送他們前往。

為了迎接地主的孫子來做客，圓仔又是殺雞以及採買好料準備招待，阿彩抱著未滿周歲的玉環走進灶間，看著灶台上一隻煮熟的土雞，以及切段煎赤的白帶魚，語帶嘲諷的說：

「逐擺攏煮佮這爾腥臊，比過年過節食較好，是王爺公欲來呢？」

阿春裝做沒聽到，繼續準備要炒菜瓜。她深知妯娌要同處一個屋簷下，總要有一人多忍讓，否則定會爭執不斷，她因為沒有丈夫可以依靠，自然得裝聾作啞日子才會好過，俗語說家和萬事興，她也不想讓公婆夾在中間為難。

圓仔從緊鄰灶間的那個房門走出來，阿彩的話她都有聽見，開口訓斥說：

「地主是對咱兜有恩情的人，本來就要好好招待人，妳彼支嘴莫像雞母尻倉同款，較恬咧會使得否？」

「橫直無論我講啥貨？攏無合阿母妳的耳啦！」阿彩怨嘆著，不高興的走出灶間。

圓仔煩惱的對阿春說：「今嘛我猶佇咧，伊就敢焉爾講話無大無細，以後我若目睭瞌，妳的日子一定會足歹過。」

阿春不以為意回說：「等阿母恁無佇咧的時陣，永隆嘛大漢矣，根本毋免煩惱。」

「妳喔！就是尚古意啦！」圓仔搖頭嘆氣。

阿春聽見車聲回頭望出去，只見一部黑色轎車開進土埕，永隆也在外面高興呼喊：

「阿母！世傳個來矣！」

阿春和圓仔走出去，車子一停妥，世傳是第一個下車的人。

「永隆兄！我來矣！」世傳跑向站在牛椆邊的永隆。

「世傳，我等你足久矣，你來看阮牛欸生的牛仔囝。」永隆指著牛欄對世傳說。

阿春和圓仔都驚訝的看著千佳打開車門走下來，玉蘭則主動走向世傳他們。

「少奶奶，妳哪有閒倘來？」阿春趕緊迎上前去問候。

「足久無看矣。」千佳凝視著阿春。

圓仔禮貌的接口：「原來是少奶奶，咱第一擺見面呢！」

「是啊！我第一擺來。」

「請入來內面坐啦！」圓仔招呼著。

千佳請司機幫忙將伴手禮從車上拿下來，連同兩個孩子的行李都送進蔡家客廳。阿彩看見那些禮品都是高級貨，有奶粉、肉鬆、香菇、糕餅，眼睛都離不開了。

穿著米色洋裝、戴著一串珍珠項鍊的千佳，頭髮梳理得一絲不亂，就是一副富家少奶奶的模樣，相較之下，穿著粗布長褲與襯衫，頭髮隨便束在腦後還打赤腳的阿春，完全就是一個鄉下村婦，到現在千佳還是不明白，博文到底迷戀她什麼？

「少奶奶，啉茶啦！」阿春從桌上的茶壺倒了一碗水，恭敬的奉上。

坐在客廳籐椅裡的千佳接過，隨手擺在旁邊的一張板凳上。

「囝仔講欲來蹉跎三工，就麻煩恁矣。」她客氣的說。

阿彩諂媚的回說：「無啥麻煩，阮介歡迎個來蹉跎。」接著又繼續奉承：「少奶奶，我有看過少爺一面，恁兩個真正有夠賜配呢。」

千佳不動聲色，微笑著問：「妳啥物時陣看著伊的？」

圓仔臉色大變的瞪了阿彩一眼，阿彩根本不知內情，繼續回答：

「佇二二八事件發生彼個時陣，伊透暝位台北騎歐都拜返來，特別來佮阮通知這件代誌。」

千佳看了面無表情的阿春一眼，用淡淡的語氣說：「後來伊就過身矣。」

阿彩同情的說：「足可惜的，天公伯仔無生目睭啦！」

「我後日下晡再閣來接個。」千佳交代，站起來準備離開。

圓仔挽留：「少奶奶，食晝了後才返去啦！」

「毋免，我返去北港再食就好。」千佳走出客廳。

阿春默默送她出門，直到千佳上車才說了一句：「少奶奶，順行。」

孩子們都在牛椆邊開心向千佳揮手道別，千佳提醒阿春一句：「莫袂記得妳答應的代誌。」

阿春目送車子離去，心情有些沉重。

圓仔氣憤的罵阿彩：「妳是無講話會死喔？赫爾厚話欲創啥？」

「我是有講毋對啥？」阿彩感覺很莫名其妙。

她也曾經懷疑過大嫂和陳家少爺的關係，但家裡的人都叫她不要問那麼多，所以她根本不明究竟，因此挨罵很委屈。

招弟和金環也跟著永隆他們在牛欄邊餵小牛，一群孩子很快就熟稔起來。

「伊叫啥物名？」世傳拿青草餵小牛時問永隆。

「牛就是牛，哪有名？伊的老母叫牛欸，生的囝就叫牛仔囝啊！」永隆回答說。

「咱會當來佮伊號名啊！」世傳提議。

「欲號啥物名？」永隆問他。

世傳想了一下，抓抓頭說：「這陣想無，等我想著再寫批佮你講。」

永隆大笑：「閣要寫批喔？加了郵票錢的。」

「我足久才會當來一擺，平常會使用寫批的。」世傳認真說。

永隆覺得更好笑了：「你才讀一年的，學也無幾字，欲焉怎寫批？」

「我愈學就愈濟字，袂曉的就用注音的，你佮茨裡的地址寫予我，我一定會寫批予你。」世傳堅持說。

「好啦！我會寫地址予你。」永隆無奈同意。

土水和有義駕駛牛車回來吃午飯，只有見到世傳不見進丁，便問他：

「恁阿公哪會無來？」

「阮媽媽講伊送阮來就好。」

土水進灶間舀冷水洗臉，問正在幫忙剁雞的圓仔：「講是少奶奶撮個來的？」圓仔點頭，低聲說：「應該是無啥放心囝仔來這，驚阿春佮伊搶囝仔的款。」

吃午飯時，玉蘭好意挾了一塊雞肉要給招弟，招弟看著正在餵玉環吃粥的阿彩，不敢伸手去拿，結果被金環一把搶過去，換世傳又挾一塊給她，招弟這才怯怯的接過去，高興的吃著雞肉。

「這陣當熱，食飽要休睏一下才會使得出去蹉跎。」阿春事先交代。

所以吃飽飯後，一群孩子又跑去牛椆餵牛，然後在土水每晚睡的那個小隔間玩遊戲。

一的炒米香，二的炒韭菜，
三的沖沖滾，四的炒米粉，
五的五將軍，六的乞食孫，
七的分一半，八的徛咧看，
九的九孀婆，十的撞大鑼，
扑你千，扑你萬，

扑你一千閣一萬。

一群孩子唸兒歌的聲音充滿歡樂的傳入客廳，最後才跟養母和阿姆一起吃飯的招弟，羨慕的頻頻張望著外面。

「阿母，彼兩罐牛奶粉，敢會使得留予金環佮玉環補充營養？個兩個當在大。」阿彩開口問圓仔。

圓仔不高興的教訓說：「是焉怎就留予個兩個？囥咧大家公家泡敢袂行得？永隆嘛是當在大，是焉怎妳攏比別人較貪心？」

阿彩表情明顯不悅，卻也不敢再多說。

下午，除了阿春在家做家務外，其他大人都下田去工作，永隆說要帶世傳他們去溪邊放牛吃草，阿春交代：

「袂使得撮小弟個落去溪裡耍水喔！」

「阿姨，招弟敢會使得佮阮做夥去？」玉蘭滿臉期待的問。

阿春看招弟也是充滿渴望的神情，就答應說：「金環佮玉環我幫妳顧，毋好耍佮尚晏返來，會予恁養母罵。」她特別提醒。

四個孩子歡喜的牽著小牛出門，往牛稠溪埔方向走，半路遇到也出來幫人放牛的愛啼祥仔和跟著出來玩的阿貴，永隆一時忘記，叫了阿貴的綽號：

「喂！烏尻倉的，恁也欲去放牛食草喔？」

阿貴是村長的孫子，屁股有一大片黑青胎記，他最討厭人家叫他這個綽號，聽見永隆這樣喊他，氣得握緊拳頭回身瞪視永隆說：

「你在叫啥洨？」當他看見永隆身邊跟著兩個不認識的孩子，愣了一下問：「個是誰？」

永隆故意炫耀說：「我的小弟小妹。」

阿貴像逮到報復的機會，譏笑著說：「你早就無老父矣，哪會有小弟小妹？」

永隆最恨人家笑他沒父親，用挑釁的態度對阿貴說：「焉怎？袂使得喔？」

阿貴乜斜著眼，冷哼著回說：「敢古怪，紅龜也會生蟲，無翁也會大腹肚，毋就佮人偷生的？」

永隆衝上去頂撞阿貴，嗆聲說：「好膽你閣講一遍？」

「你當做我會驚你呢？」阿貴也頂撞回去。

兩人像兩頭準備相觝的小公牛般都噴著氣，瘦得像竹竿似的愛啼祥仔趕緊將兩人分開，自己擋在中間說：

「莫……焉爾……啦！好朋友……毋倘…冤家。」

「永隆兄，莫睬個啦！」招弟勸說。

永隆這才領著他們繼續往溪邊走，很少外出的世傳指著祥仔牽的牛說：「個的是烏牛，咱的是黃牛。」

永隆糾正：「要講個的是水牛，咱的是赤牛才對。」

去到溪埔邊，尋了一處較多嫩草的地方，永隆將小牛綁在一棵矮灌木的樹頭上，便向他們提議：

「咱來耍草霸王好否？」

「欲焉怎耍？」世傳問。

「我會曉。」玉蘭笑說。

世傳不服氣：「我都袂曉，妳哪會曉？」

玉蘭笑說：「因為我常常佮阮阿公阿嬤去田裡踜跎，個有佮我教啊！」

「干單我袂曉耳耳。」世傳嘟著嘴。

「我來教你。」

他開始教世傳如何挑選梗較粗的牛盾棕草花莖，在尾端打結，兩根花莖的草結再互相穿過彼此的結圈中，兩人各執一邊拉扯，被扯斷的人算被打敗，勝利的人是草霸王，得接受大家的挑戰，四個人很快玩出一片歡笑聲，只有兩個人孤單在旁邊放牛的愛啼祥仔和阿貴，看著他們這邊人多比較熱鬧好玩，不久阿貴就過來提議說：

「咱來耍騎馬相戰好否？」

永隆還在考慮要不要接受，世傳已經高興答應：「好矣，好矣，咱做夥來耍。」

永隆衡量一下情勢，阿貴和他是實力相當，但世傳年紀還小力氣不足，愛啼祥仔又瘦又高，兩邊條件不平等，他們這邊穩輸的，於是說：

「恁兩個加起來，比阮兩個較大欉，焉爾無公平。」

「要焉怎才有公平？」阿貴反問。

永隆提出條件：「恁要讓阮一隻手。」

阿貴爽快回答：「讓就讓，無咧驚你兄弟仔扑雙個。」他隨口亂接一句台灣俗語。

就這樣永隆與阿貴當馬，讓世傳和祥仔騎在肩上，祥仔只能用一手和世傳博鬥，兩隊人馬開始廝殺，靠著永隆敏捷的反應，世傳也拼盡全力奮戰不懈，加上招弟與玉蘭在旁邊吶喊助陣，氣勢如虹，而只能使用單手的愛啼祥仔完全無法施展攻勢，阿貴又一心求勝硬衝，最後永隆相準一個時機閃身躲開阿貴的進攻，讓他們兩人失去重心仆倒在地。

「阮贏矣！阮贏矣！」招弟忘情的拍手雀躍。

阿貴翻身爬起，神情有些不服氣，出言揶揄說：「對啦！恁翁贏矣，妳足歡喜呴？」

招弟羞窘的駁斥：「你莫胡白講，伊哪是阮翁？」

阿貴大聲說：「妳毋是個兜的新婦仔？焉爾永隆就是妳未來的翁，有啥毋對？」

招弟氣得跺腳詛咒：「胡白講話的人，會腸仔爛腹肚疼。」

永隆再向他們下戰書：「你是輸了毋甘願呢？閣來拼一擺啦！」

「拼就拼，誰驚誰？」阿貴摩拳擦掌。

兩隊人馬重新擺開陣勢，這次戰了許久都不分勝負，直到大家都精疲力竭的倒在草地上喘息，讓晚風吹乾汗水。

祥仔和阿貴先離開，永隆看著世傳問說：「你敢有感覺咱兩個真正足成兄弟？」

「我感覺咱兩個就是兄弟。」世傳老成的說。

「咱來結拜好矣，結拜就真正算是兄弟矣。」永隆提議。

「欲焉怎結拜？」世傳興奮問。

「我有看過一本故事冊，古早人結拜就是要插土為香。」

招弟笑著湊熱鬧說：「我幫恁挽土香當做香來拜。」接著跑去不遠處給他們採來各三根土香莖。

永隆帶著世傳走到牛稠埔溪床的沙地上，對著遠方將沉的夕陽跪下來，舉著三根土香莖學大人口吻說：

「我蔡永隆佮伊陳世傳佇這結拜做兄弟，這世人有福同享，有難同當。」

兩人舉香拜三拜，將土香莖插在沙土裡。

「阿兄，焉爾咱就是結拜兄弟矣呢？」世傳高興的問。

永隆點頭說：「毋單天地做證，連招弟佮玉蘭都會當做證人。」

炎熱的夏天，孩子們回家後都堅持要直接沖涼水洗身體，阿春等他們都洗澡更衣後，才讓大家吃晚飯，土水和圓仔看著幾個孩子熱絡的談論出去玩的事情，有感而發的說：

「閣親兄弟的感情嘛差不多焉爾耳耳。」

世傳天真的回答：「阮已經結拜做兄弟矣，所以我嘛要叫恁阿公阿嬤。」又回頭對阿春說：「以後妳就是我的阿母矣。」

阿春吃驚的看著他，心頭雖然有一股喜悅，卻也有些不安，期期艾艾的回說：「焉爾叫毋好啦！我驚你的媽媽會無歡喜。」

「是焉怎伊會無歡喜？我看伊也真佮意永隆兄啊！」世傳不明所以的問著。

阿春無法解釋，圓仔解圍說：「老母干單會當一個，兄弟會當加幾個無要緊。」

世傳似懂非懂的哦了一聲，幸好沒再追問下去。

晚飯後暑熱未散，土水和有義搬出椅條，大家都坐在土埕上吹風，永隆央求土水：

「阿公，你做謎猜予阮臆好否？」

土水笑說：「我知的，你攏臆過矣。」

「我知的就莫臆，讓予個臆。」永隆熱切的說。

土水開始出謎題：「紅布包白布，一嘴食，一嘴吐。」

玉蘭搶著回答：「我知，我知，我有聽過阮阿嬤講過，是紅甘蔗。」

土水繼續說：「身穿一領烏袈裟，翻山過嶺欲揣妻，人人講伊風流囝，主人靠伊飼一家。」

世傳和玉蘭努力的想著，猜了幾次答案都不對，最後才由永隆說出謎底：「是阮阿公在牽的黑豬哥啦！」

「原來是焉爾。」兩人都笑出來。

「一項物件四角四角，有嘴無頭殼，予恁臆。」永隆出題。

「枕頭？」世傳搶答。

「毋對。」

「棉被？」

「毋對。」

世傳嘆氣：「有夠歹臆的。」

永隆笑著宣布：「布袋啦！若無換你出題。」

世傳有些洩氣說：「我袂曉，阮媽媽干單會讀冊予我聽耳耳。」

阿春走到世傳身邊，在他耳邊小聲說話，世傳立刻得意的說：

「一腳會走，無嘴會嚎，予恁臆一項物件。」

阿春向永隆比了一個禁聲的手勢，玉蘭猜不著，最後世傳才得意宣布：「是干樂。」

玉蘭開口說：「換我來講一個謎猜予恁臆，有聲無影，有味無鹹汫。」

永隆裝模作樣捏著鼻子對世傳說：「嗯，無衛生，你放屁响？」

「哪有？」世傳急著否認。

招弟笑著告訴他：「這個謎猜就是要臆放屁啦！」

當晚世傳和永隆睡阿春房間，招弟陪玉蘭跟圓仔睡。阿春看著身邊的世傳因為玩累了，很快進入夢鄉，從他的五官依稀看得到博文的樣子，回想過去兩人之間短短的情緣卻如此刻骨銘心，不禁感嘆命運弄人。

孩子們被雞啼叫醒時，大人都已出門工作，連阿春都去溪邊洗完衣服回來，匆匆吃飽早飯，看見牛欸今天沒有被帶出門工作，還綁在牛欄裡和牠的小牛一起吃草，永隆對阿春說：

「阿母，阮佮兩隻牛攏牽出去食草。」

「中晝日頭足炎，較早返來咧，才袂著痧。」阿春叮嚀。

招弟怯怯的問：「阿姆，我敢會使綴去？」

阿春點頭答應替她帶孩子，招弟露出歡喜的笑容。

晨間的牛稠溪畔，花草還含著晶瑩的露珠，招弟和玉蘭忙著採集牽牛花的藤蔓編花環。

「招弟姊，我看妳的養母對妳足刻薄的呢！妳是焉怎會來予個做養女？妳無序大人呢？」玉蘭好奇的詢問。

「我的序大人是因為尚散赤，才會佮我賣予個做養女。」招弟紅著眼眶回答。

「我以為妳佮我相同，攏無父母。」玉蘭眼眶也同樣泛紅起來。

「妳的父母去佗位？」招弟好奇的問。

「阮老父死佇南洋，老母佇我出世猶未一歲就綴人走，我是阿公阿嬤飼大漢的。」玉蘭告訴她。

「毋知也妳嘛這爾可憐。」招弟同情的說。

玉蘭有些忸怩的告訴她：「招弟姊，我佮妳講一個祕密，妳莫佮別人講喔。」

「啥物祕密？」

玉蘭支吾片刻，才擠出話來：「阮阿嬤佮我講，我佮世傳是指腹為婚的翁某呢！」

招弟張大嘴，驚訝的說：「真的喔？原來恁是一對。」

「招弟姊佮永隆兄敢毋是？我昨下埔聽阿貴講妳是個的新婦仔，阮老母聽講就是養女變新婦仔，才佮阮老父送做堆。」玉蘭告訴招弟。

招弟有些羞澀的說：「我嘛毋知以後是毋是會佮永隆兄送做堆。」

她們做了兩個可以戴在頭上的牽牛花圈回來，又採兩條很長的牽牛花藤圍在牛欸母子的脖子上。

永隆看著她們編的花圈問世傳：

「你敢捌騎過牛？」

世傳搖頭：「毋捌。」

「咱來扮公家伙仔好否？」

「欲扮啥貨？」

永隆將一個花環戴在玉蘭頭上說：「玉蘭妳做新娘。」再把另一個花環戴在世傳頭上說：「你做新郎，咱行過去牛欸遐，你坐蹄牛欸的尻脊骿，我替你牽牛，予你娶新娘拜堂成親。」

世傳立刻拒絕永隆要他們演出的劇本：「我干單欲騎牛就好，無要啥物拜堂成親。」

「只是扮公家伙仔耳耳，若在做戲咧。」

招弟忍不住嘴快說：「恁本來就是一對，歹勢啥？」

世傳回嘴：「恁才一對啦！予恁演新郎新娘好矣。」

永隆一本正經的說：「我佮招弟是兄妹，袂使得做翁某。」

「焉爾你演新郎。」世傳踮起腳把頭上的花環拿去戴在永隆的頭上：「予你去娶玉蘭好矣。」

招弟反對：「無人佮某送人的。」

世傳現學現賣說：「阮昨下晡結拜的時陣就講過，以後有福同享，有難同當，佮某送伊有啥袂使得？」

玉蘭有些生氣的說：「永隆兄，焉爾咱就來拜堂好矣，你牽牛予我騎，莫予伊騎。」

永隆問世傳：「你真正毋要演新郎？」

世傳堅決搖頭，於是永隆和玉蘭就拜起天地，然後扶玉蘭坐上牛背，讓牛欵緩步走著，世傳和招弟也牽著小牛跟在旁邊，永隆唸起一段囝仔歌：

「新娘，新娘，嫷噹噹，褲底破一孔，後壁焫米香。」

世傳發出哈哈大笑，玉蘭雖然有些困窘，也感覺忍俊不禁的露出笑容。

世傳大聲再唸一遍：「新娘，新娘，嫷噹噹，褲底破一孔，後壁焫米香。」

四個人都笑得前俯後仰，笑聲伴隨著牛鈴聲輕脆悅耳，飄散在寧靜的郊野中，四個人的命運被一條無形的鎖鏈牽引著，在歲月的長河中緩緩行進。

十二

希望能平均地權，實現「耕者有其田」是國父孫中山先生的理想，所以自國民政府成立以來，就著手朝土地改革之路邁進，但因為內外戰爭使得國家財力不足，無法負擔補償地主的經費，所以政策無法在中國各省落實。

一九四九年國民政府撤退來台，提出土地改革政策分三個階段實施，第一階段實行「三七五減租」，就是佃農應繳之耕地地租，依正產物一千分之三七五計算，第二階段實行「公地放領」，就是把國有土地分配給無地或少地的農民耕種，第三階段實行「耕者有其田」。

一九五三年一月二十六日，蔣中正主席明令公布「實施耕者有其田條例」，規定地主可保留水田三甲或旱田六甲，其餘由政府用徵收補償方法交佃農承租耕種，再放領給現耕農民。對地主的補償則是以百分之七十的土地債券分十年均等償付，並加給年息百分之四，另百分之三十為公營事業股票。這項政策一方面可讓無地或少地的農民擁有屬於自己的耕地，一方面可讓地主獲得資金和股票，轉入城市經營工商業。

那年的農曆春節，添財帶金枝和玉蘭到陳家走春，說起政府要開始執行耕者有其田的事，平時很想得開的添財怒不可遏的罵政府：

「比土匪較可惡，田地是阮祖先辛苦累積落來的，是焉怎就一定要予政府徵收？已經三七五減租矣，今嘛閣欲強制搶阮的土地，敢猶有天理？」

金枝看起來一臉疲憊的模樣，訴苦說：「自從知也這件代誌了後，逐暝攏凝佮睏袂去，政府為著農民好，完全無顧地主的死活，以後叫阮欲焉怎生活？」

進丁安慰說：「毋是有用債券佮股票來換？」

添財惱火的回說：「債券分十年兌現，金山銀山嘛會開空，要兮股票欲創啥？阮也毋捌啥物是股票，提來拭尻倉猶嫌尚粗。」

「這個政府毋是會當講道理的，你毋接受閣會當焉怎？只有想較開咧，才袂扑歹身體。」進丁同情的勸說。

「你應該無影響响？我知也你的農地無濟，照規定干單會當留三甲水田猶是六甲旱田，本來想欲加留一寡田地予玉蘭以後做嫁妝的，今嘛煞毋知欲焉怎扑算？」添財嘆氣說。

進丁微笑著：「無要緊啦！尚重要的是兩個囝仔以後是毋是會意愛。」

玉蘭和世傳在庭院裡玩陀螺，陀螺是永隆送給他的，也是永隆教會他玩陀螺，他得意的對玉蘭說：

「若閣去庄跤揣永隆兄蹉跎，我已經會當向伊的干樂王挑戰矣。」

「聽講里長黃泰山過年前予人掠入去籠仔內矣。」添財提起這件事。

「我有聽著這個消息，伊佮這個鎮長的兄哥兩個人包山包海，啥物錢都欲貪，菜蟲食菜菜跤死，這是一定的代誌。」進丁語氣淡淡的評論著。

「伊就赫爾敖鑽，也會有這款下場真正予人想袂到。」添財不解的說。

「為著利益爭鬥，若一群狗相咬，勢力大的提去食，咬輸的絕對也是規身驅傷。」進丁並未感到太意外。

千佳一直默默陪在旁邊，心裡想著明天是初二回娘家的妁囝日，她的父母都搬到高雄去，雖然有留地址電話給她，她卻一直沒有與他們聯絡，主要是心裡有受傷的情緒作祟。博文死於二二八事件的武力鎮壓，沒多久聽聞妹妹千惠嫁給外省籍的派出所所長，她被仇恨憤怒的情緒吞噬理智，和娘家斷絕關係，直到他們為精神失常的承杰搬離北港，把慈愛病院遷移到高雄重新開始，母親才打電話告訴她真相。讓她就算能原諒這件事也又氣又惱：為什麼他們不早些向她說明呢？

「千佳，妳攏無按算欲去高雄看恁多桑佮卡桑喔？」金枝關心的問。

「目前猶無按算。」千佳冷淡的回說，站起來朝飯廳走：「我去看中晝頓煮啥物？」

她擺明不讓人多問，因為金枝是婆婆的結拜姊妹，所以還維持禮貌的態度。

金枝在她背後小聲對進丁說：「你這個新婦個性就是尚過倔強，焉爾是予家己加艱苦的耳耳。」

元宵過後，各行各業很快回復平常運作，雖然政府已經宣布開始執行耕者有其田政策，添財還是拖著不願主動配合，直到地政人員開始進行相關作業，添財嘆著氣問兒子：

「財產攏去了了矣，你以後有啥扑算？」

萬成反倒一副高興的模樣，對父親說：「多桑，我有聽講天香閣的頭家想欲佮酒家賣掉，咱佮盤起來做好否？」

添財張口本想反對，看著兒子那充滿期待的表情，又把責罵的話吞回肚裡去，改用質疑的方式問他：

「你敢知也人是焉怎毋經營欲賣予別人？若是會趁錢，誰欲賣人？」

萬成單純的回答：「聽月嬌講頭家想欲去高雄開閣較大間的，事業想欲做較大咧。」然後懇求父親說：「多桑，予我佮天香閣盤落來做好否？」

添財推說：「我無赫濟現金。」

「土地予政府徵收就有矣。」萬成馬上回說。

「政府補償咱的是債券佮股票，毋是現金。」

「佮債券佮股票賣掉就有現金矣。」萬成提議。

「兮是阮食老的老本，你莫肖想。」添財訓斥說。

「坐食山空，提來經營事業趁錢有啥毋好？」萬成努力說服父親。

「啥物頭路毋好做，你是焉怎就要開酒家？」

「我是會當去做啥物頭路？有啥物頭路會比開酒家較好趁？」

兩個父子坐在客廳裡一句來一句去辯論著，添財拿著黑檀木製的烏骨仔菸斗蹺腳抽菸，思考著萬成所說的話。

「你是會曉去行酒家耳耳，敢會曉欲焉怎經營？」他慎重的問兒子。

萬成一副胸有成竹的模樣說：「我若有袂曉的所在，猶有月嬌佮我湊參工。」

添財嘆了一口氣，無奈的問他：「你敢一定就要佮這個酒家女做夥？」

萬成用誠摯的語氣告訴父親：「多桑，我佮月嬌確實是真心相愛，請恁成全阮。」

「這嘛要恁老母肯同意才會使得。」添財顧慮著說。

萬成急著想與母親商量，問說：「啊阮卡桑咧？伊是走去佗位？」

添財這才感覺有些奇怪：「伊自早起玉蘭出門去讀冊了後，就去後面的菜園仔做穡，哪會這爾久攏無入來？」

「我去揣伊看覓。」萬成站起來，一跛一跛的走向與灶間相連的後門。

一會兒，萬成的聲音焦急的從後面傳來：「多桑！害矣啦！卡桑昏倒矣！」

添財霍然站起來，將菸斗隨手擺在客廳拜拜的案桌上，急忙奔向後院。

只見金枝躺倒在一片蘿菜間，就像熟睡一般任太陽曝曬，萬成只急著想搖醒她：

「卡桑！卡桑！卡桑！」

添財跑到她身邊蹲下來，牽起她的手感覺特別冰涼，摸她的臉也是，然後他試探她的鼻息感覺不到呼吸，他又俯趴著把耳朵貼在她的胸前，也聽不到心跳，他頹然坐倒在地上，有氣無力的對萬成說：

「恁老母可能已經去矣。」

萬成停下動作，愣愣的問：「啥物去矣？」

「就是死矣啦！伊已經死矣！」添財悲傷的哭泣起來。

*

有義在阿彩慫恿下，瞞著土水偷偷到北港找地主詢問關於耕者有其田的事，進丁請他在客廳喝茶，千佳也在旁邊聽著。

「頭家，焉爾來問你對恁有較失禮，因為聽講政府欲實行耕者有其田的政策，毋知阮在做彼塊地，敢會予政府徵收？」有義神態拘謹的提起。

進丁和氣的回答他：「無呢！因為我的田園無濟。」

有義看起來很失望，千佳開口說：「政府的耕者有其田，也毋是會當佮地白送恁，猶是要提錢出來買。」

「我知也，至少會當用公告地價買較俗。」

千佳淡然問他：「你敢有錢倘買？」

「阮某講伊有一屑仔私奇，無夠會使佮農會貸款沓沓還。」有義回答。

千佳轉向公公建議：「多桑，你一向攏真照顧佪這家，佪若想欲買咱彼塊地，哪無自爲爾賣予佪？用公告地價就好。」

進丁用深思的眼神看著有義問：「這件代誌你敢有佮恁阿爸參詳？」

有義支吾著說：「我只是先來問看覓。」

「我考慮看覓，以後再講。」進丁謹慎回答。

有義離開後，千佳趁機對進丁說：「多桑，世傳漸漸大漢，我感覺咱應該要提早替伊做一寡扑算。」

「啥物扑算？」進丁有些茫然。

「北港是小所在，世傳若欲有較大的成就，咱應該要像阮後頭茨同款，搬去高雄發展才對。」千佳說出心中的打算。

「妳想欲搬去高雄？」進丁直接問媳婦。

千佳不想承認是因為她怕世傳與阿春一家感情越來越融洽，讓她內心很不安，所以找了一個藉口：

「我的老父老母攏搬去佇遐，我想欲去揣佪。」

對進丁而言，祖先的家業都在北港，要他搬去高雄發展，不是一個容易下的決定。

「我佮恁金火舅參詳看覓。」進丁表情有些沉重的說。

＊

春天的稻田一片綠盈盈，太陽才剛昇起，葉尖還含著點點朝露，處處充滿生機。

圓仔獨自來到去年剛買的水田挲田草，她手腳並用彎身在剛湮過水的稻田裡巡視，看見田草就伸手捻斷其根，再用腳踩入泥土下蓋住做肥料，偶而停下來伸直腰休息一下，望著這片屬於自家的稻田兀自露出微笑。

她當初嫁給土水時，做夢也不敢想能擁有自己的土地，赤貧佃農只能像牛一樣認命耕作，努力維持一家溫飽，想不到會因禍得福，靠守寡的媳婦為地主家借腹生子，獲得耕牛與五年免租，讓家計大幅改善，才有餘力買下這塊土地。

戴著斗笠的圓仔再度彎腰工作，暗自祈求今年能風調雨順，讓稻穀豐收，多存一些錢栽培孫子永隆讀書，為蔡家光宗耀祖。她專注的在稻田裡移動腳步，左右手同時穿梭於秧苗間，突然感覺左手中指被蟹螯鉗了一下，她本能迅速抽手，眼尾映入一條黑白相間的雨傘節正靈巧的溜走。

圓仔嚇得跪坐在田裡，呆愣的看著自己沾滿泥土的左手，中指末端有兩個細小如針孔的傷口正泌著血珠，指尖隱隱抽痛著。

「害矣！我予毒蛇咬著矣，欲焉怎？」她因害怕而全身僵硬，在心裡慌亂的想著，一顆心臟也跟著狂跳起來。

她先用右手大力擠出左手中指的毒血，在衣服上擦掉泥巴，再放入口中拼命吸吮、吐掉、再吸吮、再吐掉，一直到再也感覺吸不出血液。

「焉爾應該毒血攏有吸出來才對？」她安慰自己想著。

圓仔想要站起身卻差點倒頭往前栽，一手撐地緩緩站直身體才發現是腳麻，她兩腿痠軟無力的走往田頭處，從帶來的竹籃裡提出鋁製水壺，倒了一碗水咕嚕咕嚕一飲而盡。

她的心裡開始浮現許多問題：我會死否？我敢要去看醫生？醫藥費貴參參，茨內哪有赫濟錢？

圓仔提著竹籃走在牛車路上，腦海裡亂紛紛，長期赤腳下田做穡的雙腳還是穩健有力，感覺不到有中毒跡象，她決定先去找村內唯一的赤腳仙，專門採草藥替人治病的鬍鬚伯看看再說。

她走到鬍鬚伯的竹管茨門庭，他正蹲在門口埋頭整理草藥，一把灰白的鬍鬚長長的觸及地面，一臉紅光令人猜不透他的年紀。

「圓仔，妳來有啥代誌？」鬍鬚伯中氣十足的問她。

「我拄才佇田裡予雨傘節咬著。」圓仔有些惶恐的說。

鬍鬚伯神情凝重的站起來看著她：「咬著佗位？」

圓仔走近他跟前，把手指伸給他看：「咬著這。」

他邊檢視她手指上的傷口邊追問：「妳敢有看清楚彼尾蛇生做啥物款？」

「一節一節烏白的，應該是雨傘節無毋對。」圓仔肯定的回答。

鬍鬚伯皺起眉頭說：「雨傘節的毒是陰的，比飯匙銃猶較毒，妳敢無要去病院注解毒血清較保險？」

「解毒血清是毋是足貴的？」圓仔滿臉憂慮的問。

「兮當然貴啊！」

圓仔懇求：「鬍鬚伯，拜託你先幫我醫看覓，袂行得我再去病院啦！」

鬍鬚伯提醒說：「草藥仔雖然會當醫蛇毒，毋閣無絕對的功效，若壓制袂牢蛇毒，恐驚妳會有生命的危險。」

「古早人毋是攏靠草藥救命？我相信你的醫術，你若醫無效，就算去病院嘛加開錢的，像阮後生有忠毋是同款？」圓仔認命的說。

說到有忠，她忍不住哽咽落淚，她怎會不怕死？但最怕的還是拖累家庭。

鬍鬚伯安慰她說：「妳就想講人活佇這個世間生死有命，攏是看天公伯的安排啦！我先佮妳糊治蛇傷的草藥，閣提兩帖草藥返去煎，若有效，明仔在再閣來換藥仔。」

圓仔離開鬍鬚伯住處，回到家開始用烘爐煎草藥，她坐在灶間燒柴火的矮凳上，失魂落魄的看著那個熬藥的陶壺。

招弟帶著金環和玉環進來灶間問：「阿孃，妳是焉怎在煎藥仔？」

圓仔問她：「恁阿姆去佗位？」

招弟回說：「伊講欲去抾柴。」

「佮個兩個撮出去，較袂予烘爐燙著。」圓仔趕她們。

阿春出去撿柴薪回來，看見婆婆望著藥壺出神，關心詢問：

「阿母，妳人無爽快呢？哪會在煎藥仔？」

圓仔置若罔聞般，依舊望著藥壺不語。

阿春察覺有異樣，緊張的追問：「阿母，妳是焉怎？」

圓仔抬眼看著媳婦，考慮著想若是她有個三長兩短，有些事總得要交代，於是對阿春說：

「有一工，我若是無佇咧，這個家就要交予妳照顧。」

「阿母，妳哪會講這款話啦，妳的身體是有啥物問題呢？」阿春蹲在婆婆面前，滿臉焦慮的望著她。

圓仔舉起包紮著的手指，告訴阿春：「我去田裡做穡，予毒蛇咬著。」

阿春大驚，趕緊對婆婆說：「阿母，咱要趕緊去病院，這袂行得拖。」

圓仔搖頭說：「我決定欲食鬍鬚伯的草藥治療就好，無想欲加開錢。」

「妳是煩惱茨內無錢呢？我有啦！」阿春急著說。

「妳哪有錢？」圓仔疑惑的看著她。

「彼當時我佇北港欲離開，老夫人有送我一個大紅包佮金仔，後來我佮所有的錢換金仔藏起來，扑算以後欲予永隆讀冊的。」

圓仔安心的點頭：「好加在妳知也替永隆扑算，焉爾我就放心矣。」

「阿母，咱緊來去病院啦！尚慢驚會未赴。」阿春急著想扶圓仔起來。

圓仔站起身，人卻往房間走：「我感覺有淡薄仔愛睏，想欲去房間休睏一下，妳替我顧藥仔，若煎睹一碗再捧來予我啉。」

看著步伐有些蹣跚的婆婆，又看看快要熬好的草藥，阿春左右為難，正好招弟又過來探看，她趕緊對招弟說：

「妳趕緊去田裡叫阿公返來，講阿嬤予蛇咬著，囝仔我替妳顧。」

招弟知道事態嚴重，點頭後就往外跑。

阿春藥熬好，先把烘爐拿起來放在灶台上孩子無法碰觸的地方，把藥湯趕緊吹涼端進公婆房間。

「阿母，藥仔已經煎好矣，妳趕緊啉落去。」

圓仔顯得很疲倦乏力的坐起來，抬手想接過藥碗又無力放下，對阿春說：

「妳佮我飼。」

阿春將藥碗湊近婆婆嘴邊，讓她一口一口慢慢喝。

「阿母，等一下我出來揣阿爸返來，咱猶是來去病院予醫生治療啦！」

圓仔還是固執拒絕：「妳閣替我用另外一帖落去煎，鬍鬚伯講兩帖食落就會見效。」

阿春讓婆婆喝完藥，見她又躺下休息，趕緊又將第二帖藥放入藥壺煎，開始煮一鍋菜粥準備當午飯。

急促的牛鈴聲由遠而近，土水頭一次急促的催趕牛欸，從田裡一路奔馳回到家，沒有給牛欸卸牛軛，從大廳的那個門跑入他們的房間。

「圓仔，圓仔。」他輕拍著老伴的臉頰，急切呼喚她。

阿春從與灶間相通的那個門走進來，站在公公的身邊看著像在熟睡的婆婆。

圓仔悠悠轉醒過來，費力的睜開眼睛，語音有些含糊的問：

「你返來矣？食飯未？」

「起來，我攑妳去看醫生。」

「無要，死我嘛欲死佇茨內。」圓仔直接聲明。

「袂使得，我一定要送妳去病院。」土水想抱起她。

圓仔掙扎拒絕：「莫加開錢啦！」

「咱今嘛無以前赫爾散赤矣，妳免煩惱錢的代誌。」土水想說服她。

「咱佮錢攏傾去買地矣，哪有錢？」圓仔淡然說。

「咱會使得賣彼隻牛仔囝。」

「賣牛仔囝的錢要留咧予永隆讀冊用。」

「讀冊的代誌以後才扑算，妳的命較重要啦！」土水痛心的說著，兩行老淚潸然流下。

「栽培永隆上重要，咱蔡家欲興旺攏要佚望伊。」圓仔眼睛再度闔上。

「圓仔，圓仔。」土水拍著她的臉喚醒她的意識。

「叫永隆返來。」她又含糊說著。

「伊佇學校在讀冊，叫伊返來欲創啥？」阿春問。

「我欲……見伊最後一面。」圓仔低語。

招弟在旁邊立刻機靈的說：「我來去學校叫伊。」

阿春掩住嘴，不讓自己哭出聲。

一會兒，有義和阿彩騎腳踏車相載回來吃午飯，見飯桌上只有一鍋菜粥，金環和玉環都坐在地上玩得髒兮兮，阿彩開口就罵：

「招弟這個死查某鬼仔是走去佗位？」

「恁兩個攏入來。」土水在房裡出聲喊他們。

有義和阿彩走進房間，看見圓仔躺在床上，立刻警覺有事發生，有義趕緊問：

「阿母是焉怎？」

「予雨傘節咬著。」土水回答。

「哪會無去病院？」

「伊驚開錢，毋肯去。」

阿彩立刻批評說：「阿母攏嘛欲儉錢予永隆讀冊。」

阿春煎好第二碗藥端進來，聽見阿彩的話，眼淚成串滴落下來。

「錢阮遐猶有，咱趕緊佮阿母送病院啦！」有義著急的說。

阿彩瞪著他，卻也不敢反對。

土水哀傷的說：「自早起拖到單，欲送也尚慢矣，伊講死嘛欲死佇茨內，咱佮伊送病院，萬一若死佇半路欲焉怎？」

圓仔半睜開眼皮，對土水呢喃著：「你家己要保重身體。」又看了一眼有義，交代他：「你要照顧恁兄嫂個母仔囝。」

「我會啦！阿母妳放心。」有義紅著眼眶。

土水將圓仔抱坐起來，讓阿春拿湯匙把草藥汁灌入她的嘴巴裡，卻有一半又流出來。

「圓仔，妳要佮藥仔吞落去。」土水叮囑她。

她輕點一下頭，眼皮一直無力往下垂，像又將要睡著一般。

阿春含淚邊餵藥邊對婆婆說：「阿母，妳一定要好起來，予永隆好好友孝妳，猶閣要看伊娶某生囝才會使得。」

圓仔臉上浮現一個似笑非笑的表情，眼淚卻從半闔的眼角汩流出來。

永隆揹著書包氣喘吁吁的跑進來，邊喊著：「阿嬤！我返來矣，妳有要緊否？」

阿春起身讓永隆靠近圓仔面前，聽見孫子的呼喚，她努力想要抬起手，卻又無力的垂下，永隆立刻握住阿嬤的手，看著包草藥的手指，急切的說：

「妳予蛇咬著哪無去病院予醫生治療？阮老師講焉爾會死呢！」說到後面那句已經帶著哭音。

「恁阿嬤攏是為著你才毋去看醫生。」阿彩直接把罪名推到永隆頭上。

「為怎講是為著我？」永隆哭了起來。

圓仔已經沒有力氣教訓阿彩，只發出微弱的聲音對永隆說：

「你……以後……要……好好……讀冊……。」

「我知啦！阿嬤，我以後一定欲做醫生，幫助散赤人。」永隆在阿嬤面前許下諾言。

圓仔點點頭，露出滿足的神情闔上眼睛。

土水讓圓仔平躺下來，溫柔的撫摸著她皮膚粗糙的臉龐，以及眼尾深刻的皺紋。

「伊少年的時陣也是一個美人，綴我食苦一世人，連享受著都無……。」他哽咽住無法再說下去。

圓仔過世後，土水將她埋在自家的田頭，希望她繼續守護蔡家這塊得來不易的土地。

*

失去阿嬤照顧的玉蘭，彷彿一下子懂事很多，每天都自己準時起床去學校讀書，回家自己寫功課。面對傷心的阿公，夜裡祖孫兩人相擁而泣時，都是她最先擦乾眼淚，安慰添財說：

「阿公，咱袂使一直傷心，阿嬤佇天頂一定會毋甘。」

「妳哪會知？」

「我當然嘛知，因為我的心佮阿嬤的心相通。」玉蘭老成的說。

「阿嬤無佇咧矣，咱兩個以後欲焉怎？」添財難過的說。

「我會照顧你。」

為了減少對金枝的思念，添財每晚都喝得醉醺醺，有時直接就歪躺在客廳的椅子上睡著，也是玉蘭來叫醒他回房間睡覺。

耕者有其田政策奪走邱家大部分土地，添財選擇保留三甲水田自己種稻，辭掉所有長工，賣掉多餘的牛隻，只留一頭水牛與一輛牛車供自己做穡使用。

禁不起萬成的一再要求，他把半數的債券和股票交給兒子去經營事業，萬成在相好的月嬌牽線下，直接用債券和股票交換天香閣酒家的產權，一躍成為風光的酒家老闆，月嬌自然是老闆娘。

接手經營酒家後，萬成才知道每個月的簽帳單都是一大疊，賺的錢扣掉收不回的呆帳，根本還要倒貼，他開始對店裡的管事阿明發火：

「你毋是兄弟頭？哪會有這爾濟數目收袂返來？」

阿明在天香閣原只是走桌的兼打手，因為過去和萬成往來密切，又是隔壁鄰居，所以萬成接手後就讓他當管事，也負責收帳。

阿明眉毛一挑，不悅的回他：「頭家，請你看清楚這些數單簽名的人，你敢得罪個呢？」

萬成翻看帳單兼翻白眼，不明所以的反問：「這些人是焉怎？法律允准個來白食白啉白攪查某喔？」

阿明指名字給他看：「這個是警察局長，這個是縣長祕書，這個是調查局的組長，你若真正欲揣個收數，這間酒家就準備欲關門矣。」

「焉爾就莫予個閣簽數，若是欲來啉酒，請個付現金。」萬成冷冷的說。

「你講真的？」阿明別有深意的看著萬成。

「當然嘛是真的，做生理若是攏予人欠數，這間店早慢要倒，不如得失佇頭前，叫個欲啉就莫欠數。」萬成說得很堅決。

阿明也不多說，只是不以為然的搖頭不語。

萬成畢竟年輕又沒有社會經驗，也不懂人情世故的複雜，他只想要賺錢，完全不管得罪人的後果，為了不讓那些人再繼續簽帳，他交代阿明，凡是有前帳未清者，想要進來喝酒都以客滿為藉口拒絕他們上門。

如此幾次後，開始有一些來路不明的人來天香閣，總是一個人佔一個包廂，卻只點幾盤起底菜和一瓶最便宜的酒，讓那些真正要來花錢的客人反而沒包廂可用，連續幾天後萬成感覺不對，知道那些人是來找麻煩的，就吩咐阿明說：

「阿明，你去佮些個人攏趕走，開一屑仔錢來坐規暝，咱是欲趁啥物？」

阿明猶豫著，勸告萬成：「頭家，我感覺些個人攏毋是簡單人物，咱猶是較吞忍咧，想其他的辦法來解決較好。」

「你是在驚啥洨？若無佮些個人趕出去，咱生理攏免做矣。」萬成態度強硬的說。

「我先佮話講佇頭前，你毋聽我的勸，若出代誌莫怪我無佮你提醒。」阿明無奈的對萬成說，然後去執行他的命令。

片刻後，第一間包廂傳出翻桌的聲響，小姐尖叫著跑出來，接著是阿明逃離包廂，邊跑邊喊：

「人欲放火矣！大家緊走！」

火勢燒得又猛又快，萬成看見兩個男人各提一桶油，到處潑灑，他跛著腳氣急敗壞的想過去阻止，卻被月嬌拉住：

「無效矣！毋緊出去你會走未赴。」

「哪會使得予個焉爾無法無天？」萬成怒氣沖沖想過去制止。

月嬌奮力將他往外拖：「你是欲過去送死喔？」

兩名縱火者大搖大擺從萬成面前走過，萬成抓住其中一人的衣領，咬牙切齒的質問：

「放火燒茨，恁閣敢走？」

那人一把推倒萬成，冷笑著離開，他跌坐在地上，不甘願的指著他們的背影怒吼：

「是個放火的，佮個掠起來！」

無人理會他的話，酒客與小姐紛紛逃命，轉眼間，酒家已成一片火海，死了三個走避不及的客人，還波及兩旁幾戶住宅。

萬成闖的禍，添財被請去鎮公所參與協商，面對幾個受害者家屬和房屋被燒的屋主，萬成只是一再辯解：

「是有人故意放火，要叫警察佮歹人掠起來，叫些個人賠錢才對。」

「講兮啥物話？你是頭家，人死佇你開的酒家，當然你要賠命。」死者家屬激動得拍桌子。

「我無錢倘賠啦！酒家燒去，我了偌濟錢恁敢知？」萬成哭喪著臉。

「無錢用你的命來賠。」有死者家屬揮拳想打他，被旁邊的人拉住。

添財從頭到尾不發一語，臉色黯淡如重病在身。

他把一個裝文件的牛皮紙袋放在會議桌上，平靜的說：

「我的財產千單賭這些耳耳，人肉鹹鹹也袂食得，看欲焉怎賠，大家好好講。」

一九五三年對地主邱添財與佃農蔡土水，都是風雲變色的一年。

釀小說133　PG2982

牛車走過的歲月

二部曲・世道無情

作　　者　凌　煙
故事構想　李岳峰
責任編輯　孟人玉、吳霽恆
圖文排版　許絜瑀
封面設計　王嵩賀

出版策劃　釀出版
製作發行　秀威資訊科技股份有限公司
114 台北市內湖區瑞光路76巷65號1樓
電話：+886-2-2796-3638　傳真：+886-2-2796-1377
服務信箱：service@showwe.com.tw
http://www.showwe.com.tw
郵政劃撥　19563868　戶名：秀威資訊科技股份有限公司
展售門市　國家書店【松江門市】
104 台北市中山區松江路209號1樓
電話：+886-2-2518-0207　傳真：+886-2-2518-0778
網路訂購　秀威網路書店：https://store.showwe.tw
國家網路書店：https://www.govbooks.com.tw
法律顧問　毛國樑　律師
總 經 銷　聯合發行股份有限公司
231新北市新店區寶橋路235巷6弄6號4F
電話：+886-2-2917-8022　傳真：+886-2-2915-6275

出版日期　2024年4月　BOD一版
定　　價　360元

本部作品榮獲國藝會長篇小說創作補助。

讀者回函卡

Printed in Taiwan

國家圖書館出版品預行編目

牛車走過的歲月. 二部曲, 世道無情 / 凌煙
著. -- 一版. -- 臺北市 :釀出版, 2024.04
面； 公分. -- (釀小說 ; 133)
BOD版
ISBN 978-986-445-899-8(平裝)

863.57 112020827